中國語言文字研究輯刊

十四編

許錟輝 主編

第1冊

《十四編》總目

編輯部編

《說文》禮樂器物形制考釋（上）

莊斐喬 著

花木蘭文化出版社

國家圖書館出版品預行編目資料

《説文》禮樂器物形制考釋(上)／莊斐喬 著－－初版－－新北市：
花木蘭文化事業有限公司，2018〔民107〕
目 2+146 面；21×29.7 公分
（中國語言文字研究輯刊 十四編；第 1 冊）
ISBN 978-986-485-263-5（精裝）
1. 説文解字 2. 研究考訂

802.08   107001288

ISBN- 978-986-485-263-5

9 789864 852635

中國語言文字研究輯刊
十四編　　第 一 冊　　　　　　ISBN：978-986-485-263-5

《說文》禮樂器物形制考釋（上）

作　　者　莊斐喬
主　　編　許錟輝
總 編 輯　杜潔祥
副總編輯　楊嘉樂
編　　輯　許郁翎、王　筑　美術編輯　陳逸婷
出　　版　花木蘭文化事業有限公司
發 行 人　高小娟
聯絡地址　235 新北市中和區中安街七二號十三樓
　　　　　電話：02-2923-1455／傳眞：02-2923-1452
網　　址　http://www.huamulan.tw 信箱 hml810518@gmail.com
印　　刷　普羅文化出版廣告事業
初　　版　2018 年 3 月
全書字數　180027 字
定　　價　十四編 14 冊（精裝）　台幣 42,000 元　　　版權所有・請勿翻印

《十四編》總目

編輯部編

《中國語言文字研究輯刊》
十四編　書目

說文研究專輯

第 一 冊　莊斐喬　《說文》禮樂器物形制考釋（上）

第 二 冊　莊斐喬　《說文》禮樂器物形制考釋（下）

古文字研究專輯

第 三 冊　吳紅松　西周金文賞賜物品研究

第 四 冊　陳重亨　戰國秦系璽印研究

第 五 冊　王世豪　南宋李從周《字通》研究（上）

第 六 冊　王世豪　南宋李從周《字通》研究（下）

第 七 冊　姚吉聰　近現代古文字學者篆書之研究（上）

第 八 冊　姚吉聰　近現代古文字學者篆書之研究（中）

第 九 冊　姚吉聰　近現代古文字學者篆書之研究（下）

詞語研究專輯

第 十 冊　郭哲瑜　詩經聯綿詞研究

第十一冊　林永強　邵晉涵《爾雅正義》同族詞研究

古代音韻研究專輯

第十二冊　李千慧　從語言共性看上古音複聲母之系統及結構問題

方言研究專輯

第十三冊　劉勝權　粵北始興客家音韻及其周邊方言之關係（上）

第十四冊　劉勝權　粵北始興客家音韻及其周邊方言之關係（下）

《中國語言文字研究輯刊》
十四編各書作者簡介・提要・目次

第一、二冊　《說文》禮樂器物形制考釋

作者簡介

　　莊斐喬，1986 年生，臺灣臺北人。臺南大學語文教育系學士，中央大學中國文學系碩士。現爲中央大學中國文學系博士生。研究方向爲文字學、訓詁學、《說文》學、《爾雅》學。除專著《說文禮樂器物形制考釋》外，另有〈《埤雅》、《爾雅翼》異同論〉、〈《埤雅・釋天》析論〉、〈《說文解字》新附字之佛教用字〉、〈《五星占》「凡五星五歲而一合」之商榷〉等期刊論文及研討會論文十餘篇。

提　要

　　許愼的《說文解字》是中國第一本字典，也是第一部系統分析漢字形體結構，說解本義的字書。本論文以王國維的二重證據法爲研究方法，進行《說文》禮樂器的考釋撰寫。《說文》的名物訓詁占全書篇幅一半以上，是最適合使用二重證據法的領域，但限於時間與精力，本論文將焦點鎖定在禮樂器的考釋。分爲「《說文》飲食器考釋」、「《說文》玉器考釋」、「《說文》樂器考釋」及「二重證據法在《說文》禮樂器研究運用的價值」四個主要章節。以《說文解字》而言，二重證據法之運用至少即有甲骨文、殷墟卜辭、殷周金文、戰國秦漢簡帛文字、曾侯乙墓樂器、及各地出土的各種古器物可以資取。本論文前三章臚列各器物之字形表與《說文》及段注文本，然後分別從「字形說明」、「器物形制」

及「文化意涵」三方面進行考釋。後面一章則從文字及訓詁兩方面著眼，分項
分目展現二重證據法在《說文》禮樂器研究運用的價值。文字方面可考《說文》
禮樂器字體之有據、補《說文》禮樂器文字之失收、正《說文》禮樂器形構之
偽誤、辨《說文》禮樂器字形之演變；訓詁方面則可以證《說文》禮樂器訓詁
之可信、訂《說文》禮樂器說解之疏失、明《說文》禮樂器形制之欠詳、闡《說
文》禮樂器文化之意涵。可看出二重證據法對名物的考釋確實大有助益。

目　次

上　冊
凡　例
第壹章　緒論 …………………………………………………………………… 1
　第一節　研究動機與目的 ……………………………………………………… 1
　第二節　研究範圍 ……………………………………………………………… 2
　　一、《說文解字》禮樂器訓詁 ……………………………………………… 3
　　二、地下文獻 ………………………………………………………………… 4
　　三、地下文物 ………………………………………………………………… 5
　第三節　文獻檢討 ……………………………………………………………… 5
　　一、相關題材之研究文獻 …………………………………………………… 5
　　二、相關方法之研究文獻 …………………………………………………… 9
　第四節　研究方法 …………………………………………………………… 11
　　一、二重證據法簡介 ……………………………………………………… 11
　　二、二重證據法的運用 …………………………………………………… 13
第貳章　《說文》飲食禮器考釋 ……………………………………………… 17
　第一節　酒器 ………………………………………………………………… 18
　　一、盛酒器 ………………………………………………………………… 18
　　二、調酒器 ………………………………………………………………… 34
　　三、飲酒器 ………………………………………………………………… 38
　第二節　水器 ………………………………………………………………… 57
　第三節　食器 ………………………………………………………………… 72
　　一、盛食器 ………………………………………………………………… 73
　　二、蒸飯器 ………………………………………………………………… 86
　第四節　小結 ………………………………………………………………… 101
第參章　《說文》玉器考釋 …………………………………………………… 115

第一節　六器類玉器 …………………………………………………116

第二節　其它類玉器 …………………………………………………130

第三節　小結 …………………………………………………………137

下　冊

第肆章　《說文》樂器考釋 …………………………………………145

第一節　打擊樂器 ……………………………………………………146

一、金類樂器 ………………………………………………………146

二、革類樂器 ………………………………………………………171

三、木類樂器 ………………………………………………………183

四、石類樂器 ………………………………………………………188

第二節　弦樂器 ………………………………………………………191

第三節　管樂器 ………………………………………………………202

一、竹類樂器 ………………………………………………………202

二、土類樂器 ………………………………………………………216

三、匏類樂器 ………………………………………………………218

第四節　小結 …………………………………………………………223

第伍章　二重證據法在《說文》禮樂器研究運用的價值 ………227

第一節　在《說文》禮樂器文字方面的價值 ……………………227

一、考《說文》禮樂器字體之有據 ……………………………228

二、補《說文》禮樂器文字之失收 ……………………………234

三、正《說文》禮樂器形構之譌誤 ……………………………238

四、辨《說文》禮樂器字形之演變 ……………………………243

第二節　在《說文》禮樂器訓詁方面的價值 ……………………250

一、證《說文》禮樂器訓詁之可信 ……………………………251

二、訂《說文》禮樂器說解之疏失 ……………………………253

三、明《說文》禮樂器形制之欠詳 ……………………………255

四、闡《說文》禮樂器文化之意涵 ……………………………261

第三節　小結 …………………………………………………………267

第陸章　結論 …………………………………………………………269

參考書目 ………………………………………………………………275

附圖目錄 ………………………………………………………………285

第三冊 西周金文賞賜物品研究

作者簡介

吳紅松，安徽肥西人，文學博士；安徽農業大學人文社會科學學院副教授，碩士生導師。目前主要從事古文字學、歷史文獻學研究。在《考古》《考古與文物》《江漢考古》《東南文化》《華夏考古》等期刊發表學術論文二十餘篇；先後主持教育部人文社科研究專案、安徽省教育廳人文社會科學研究專案、安徽省高校人文社會科學研究項目等科研專案七項，參與國家級、省部級專案多項。

提　要

本文在廣泛汲取和借鑒前人研究成果的基礎上，結合傳世文獻、古文字和考古學資料，對西周金文的賞賜物進行分類研究，全文包括緒論、上篇和下篇。

緒論部份主要闡明選題意義，梳理和回顧西周金文賞賜物研究的歷程，總結研究特點和存在的不足；說明本書研究的內容、資料來源等。

上篇共有十四章。主要運用傳世文獻、古文字和考古資料等研究成果，分門別類地探討這些賞賜物品，有車馬與車馬飾、酒、服飾、兵器、旗幟、貝、絲和絲織品、金、玉器、彝器、土地、臣僕、動物和其他等十四類；輯錄含有賞賜物的銘辭資料並附於相應的各類賞賜物討論的章節後。

下篇共有兩章。第一章為賞賜動詞研究。從形音義方面逐一考證西周金文表賞賜義動詞，總結一些動詞使用時隱含的賞賜行為的授受關係。第二章為賞賜物品量化研究。量化統計西周金文賞賜物出現的時代、數量和組合情況等，找尋和總結它們在銘文裡出現次數、形成各種組合關係所呈現的規律，以更全面地認識西周賞賜行為及相關社會制度。

目　次

緒　論 …………………………………………………………………………………… 1
　一、選題意義 ………………………………………………………………………… 1
　二、學術史回顧 ……………………………………………………………………… 3
　三、研究內容 ………………………………………………………………………… 12
　四、資料來源 ………………………………………………………………………… 13
　五、賞賜物分類 ……………………………………………………………………… 14
　六、幾點說明 ………………………………………………………………………… 15
上篇　西周金文賞賜物品研究及資料輯錄 ……………………………………………… 17
第一章　車馬及車馬飾 …………………………………………………………………… 19

第一節　車 …………………………………………………………… 19

第二節　馬 …………………………………………………………… 24

第三節　車飾 ………………………………………………………… 26

第四節　馬飾 ………………………………………………………… 54

第二章　酒 ……………………………………………………………… 63

第三章　服飾 …………………………………………………………… 71

第一節　市 …………………………………………………………… 71

第二節　黃 …………………………………………………………… 77

第三節　衣 …………………………………………………………… 80

第四節　裘 …………………………………………………………… 91

第五節　舄 …………………………………………………………… 93

第四章　兵器 …………………………………………………………… 101

第一節　進攻類兵器及其相關物品 ………………………………… 101

第二節　防禦類兵器 ………………………………………………… 114

第五章　旗幟 …………………………………………………………… 127

第六章　貝 ……………………………………………………………… 137

第七章　絲及絲織物 …………………………………………………… 145

第八章　金 ……………………………………………………………… 149

第九章　玉器 …………………………………………………………… 153

第十章　彝器 …………………………………………………………… 163

第一節　禮器 ………………………………………………………… 163

第二節　樂器 ………………………………………………………… 165

第十一章　土地 ………………………………………………………… 171

第十二章　臣僕 ………………………………………………………… 181

第十三章　動物 ………………………………………………………… 189

第十四章　其他 ………………………………………………………… 199

下篇　西周金文賞賜物品相關問題研究 …………………………… 215

第一章　賞賜動詞研究 ………………………………………………… 217

第二章　賞賜物總體狀況及組合規律研究 ………………………… 229

第一節　西周金文賞賜物的總體狀況 ……………………………… 229

第二節　西周金文賞賜物組合規律研究 …………………………… 232

參考文獻 ………………………………………………………………… 239

後　記 ⋯⋯⋯⋯⋯⋯⋯⋯⋯⋯⋯⋯⋯⋯⋯⋯⋯⋯⋯⋯⋯⋯⋯⋯⋯⋯⋯⋯⋯251

第四冊　戰國秦系璽印研究

作者簡介

中文姓名：陳重亨　　英文姓名：CHEN CHUNG-HENG

最高學歷：

1.國立台灣藝術大學造型藝術研究所中國書畫組畢業

2.國立台灣藝術學院美術學系畢業

經歷

2012~2017 年　任國立台灣藝術大學書畫藝術學系兼任講師

2002~2015 年　任國立台灣藝術大學書畫藝術學系助教

2000~2002 年　任國立台灣藝術大學美術學系助教

1999~2000 年　任光仁中學美術班兼任教師，任中原大學篆刻社指導教師

　　　　　　　　得獎榮譽

2008 年　國立台灣藝術大學 96 學年度「碩士學位優秀論文獎」

2000 年　桃城美展國畫類入選，桃城美展書法類優選

1998 年　北區大專篆刻比賽入選，師生美展篆刻第二名，桃城美展書法類優選

1997 年　桃城美展書法類優選・桃城美展國畫類優選，師生美展篆刻第二名

1996 年　師生美展國畫入選

1995 年　獲系展篆刻類第一名

提　要

第一章　緒論

　　近幾年來因重大考古的陸續發現，學界的研究水準得以大為提昇，終於能對秦系璽印與六國古鈢做進一步區分，但是對於秦系中的年代先後再加精密區分，則仍有困難，研究學者因此常將秦系璽印視為單獨一個系統來論述，本文所論，大體是以此為範圍，並希望對秦系璽印的印式概念與其藝術風格、表現形式作一分析探討。

第二章　秦系璽印相關文獻與資料探討

　　本章重點在分析歷代金石名家對古代璽印的認知，也對清季以前文人學者對「秦印」、「古鈢」認知的混亂，導致璽印斷代分域的錯認及誤判，為當時明、

清金石學家一般所認知秦系璽印做一系統的風格辨正，並分析秦印與東周六國古鈢的實際風格，以及東周諸系璽文字的用法及差異。

第三章　秦系璽印探眞

自明清以降，金石學倡盛，但是對秦印的研究以及秦封泥的認知，所錄多爲秦漢不分，其中亦不乏贗品，本章所論，是希望透過近年陸續新出考古出土的資料，以及秦系璽印風格特點和印式的考察，再透過秦國郡縣地理與秦系璽印關係分析、秦國官制與秦官印之驗證、秦系私印及秦朱文印探眞，做一通盤研究與分析，一窺秦系璽印的眞實面目。

第四章　秦印印式與字形研究

秦系文字的發展，主要承襲殷周古文，風格與戰國各系文字殊多差異，較之六國文字的雄健奔逸或奇正迭運均有所異，顯得較爲樸拙威嚴、整齊規矩。本章所論，主要針對秦印的印式特色與文字風格作一番探研，並對與秦印有承襲關係之西漢及東漢印作一比較分析，此外對於秦印文字字形隸化現象以及字形體勢的變異，亦根據現有的資料及研究報告，也作一系統的分析與研究。

第五章　古今傳承的秦印作品創作表現

本章以古今傳承的秦印作品創作表現，爲探討重點，一、爲秦系璽印的鈕式，秦官印多屬鼻紐與壇鈕兩類，秦私印則因屬非官印形制，印鈕樣式則較爲豐富多樣。二、爲秦印形式的風格，依其「婉通典雅」、「倚側交錯」、「古樸遒逸」、「方實厚重」、「斑爛天眞」、「輕捷婉轉」六大類做一風格析論。三、依據近代印人於秦印風格形式的創作，或有仿秦官印形制者，或有仿秦朱文私璽者，亦有更多印人取其秦印的特徵，或綜合漢印、碑帖或古封泥形式，融合貫通、參酌借用，轉化創作另一具有象徵秦印風格的作品作一賞析。

第六章　結論與省思

秦系璽印在中國印章史上，有著傳承與延續的重大意義，研究與了解其眞實面貌，對於後世用印的制度與發展的影響，越能清晰其脈絡與轉變，對整個史觀的了解也就越清晰透徹，就其歷史的價值來說，印章的發展與豐富的史實緊密相連，璽印的研究具有補史、糾史與正史的功能，尤其是具關鍵發展時代的印制，利用璽印的研究，可探查部分史料未載或錯誤的職官制度，就已獲得相當大的學術成就。

目　次

第一章　緒　論 ……………………………………………………… 1
　第一節　前　言 …………………………………………………… 1

第二節　研究動機與目的 ……………………………………… 5

第三節　範圍與限制 …………………………………………… 6

第四節　研究方法與架構 ……………………………………… 8

第二章　秦系璽印相關文獻與資料探討 …………………………… 17

第一節　古代印學論述中的秦印風格 ………………………… 19

第二節　明清篆刻家的秦印風格創作辨正 …………………… 22

第三節　東周璽印分域概述 …………………………………… 29

第四節　東周諸系璽印文字用法析探 ………………………… 35

第三章　秦系璽印探真 ……………………………………………… 45

第一節　考古出土的秦系璽印考察 …………………………… 46

第二節　秦國官制與秦官印之驗證 …………………………… 53

第三節　秦國郡縣地理與秦系璽印關係析探 ………………… 59

第四節　秦系私印及朱文印的考察 …………………………… 65

第四章　秦印印式與字形研究 ……………………………………… 77

第一節　秦印的印式特色與文字風格析探 …………………… 78

第二節　秦印文字字形隸化現象析探 ………………………… 98

第三節　秦印文字字形體勢的變異考察 ……………………… 111

第五章　古今傳承的秦印作品創作表現 …………………………… 123

第一節　秦印的印鈕形制分析 ………………………………… 123

第二節　古代秦印作品賞析 …………………………………… 134

第三節　近代名家秦印風格篆刻作品賞析 …………………… 141

第四節　秦系璽印對後世的影響與實踐經驗 ………………… 152

第六章　結　論 ……………………………………………………… 159

第一節　秦系璽印的時代意義 ………………………………… 160

第二節　秦系璽印的藝術價值 ………………………………… 161

參考書目 ……………………………………………………………… 165

附錄　秦系璽印文字內容相關文獻資料表 ……………………… 173

附件四　研究計畫時程 …………………………………………… 213

第五、六冊　南宋李從周《字通》研究

作者簡介

　　王世豪，臺灣臺中人。東吳大學中國文學研究所碩士。就讀東吳大學中文

研究所時，師從許錟輝先生研習文字訓詁及尚書史傳之學。以「南宋李從周《字通》研究」獲得碩士學位。

研究領域主要以歷代字書、語言文字訓詁學與經學、文獻學爲主，兼及辭典編纂、字樣學。

曾任教於東吳大學、中原大學、雲林科技大學、臺灣海洋大學等校，目前爲臺灣師範大學共同教育委員會國文組兼任助理教授，擔任國文等博雅通識課程之教授。

提　要

本論文以南宋李從周所著之《字通》作者李從周爲研究主題，蒐羅《字通》之相關材料。分以版本、著錄、序跋、提要、研究論述等種類，考證《字通》其書之流傳。另以李從周其人之有關文獻輯考，探查其生平經歷與師友交遊情形，並檢閱材料中具有李從周論學之篇章、論著，分類彙整、考證其說法、內容，討論其學術風格與特色。

論文就該字書《字通》之內容編輯體例與考證辨析爲核心，推究其分類體例之來源、編排之層次、形式，比較其序字體例，並討論體例與內容之性質與關係。再者探討本文與附錄之訓詁說解體例。並首先考證《字通》89類分類屬字的內容，析分其構形要素、類型，董理取形歸類的方法，建構《字通》分類構形之體系。董理《字通》「从此」、「如此作」兩種主要的文字繫屬類型，還原這些文字在《說文》的形體結構說解，考證其形體推源的方式，建立《字通》形體推源之系統。最後辨析《字通》本文與附錄中辨正文字形體與俗別的材料，劃分其形近相似字形之種類，討論《字通》辨似與字樣之觀念。

最後以李從周其人與學，從歷代筆記、雜記、紀聞、文集、譜錄、學案等材料中所輯考出作者湮滅於卷帙之相關文獻與學術論述。

目　次

上　冊

凡　例

第一章　緒　論 …………………………………………………………… 1

　第一節　研究動機與目的 …………………………………………… 1

　第二節　前人研究述評 ……………………………………………… 3

　第三節　研究方法與步驟 …………………………………………… 36

　第四節　《字通》作者內容概述 …………………………………… 39

第二章 《字通》作者與版本考論 …………………………………41

　第一節 李從周之生平與學術 …………………………………41

　　一、李從周生平與師友 …………………………………41

　　二、李從周學術概述 …………………………………47

　第二節 《字通》之著錄及版本 …………………………………60

　　一、著錄 …………………………………60

　　二、版本 …………………………………63

第三章 《字通》編輯析論 …………………………………69

　第一節 《字通》之編輯背景與動機探述 …………………………………69

　　一、正妄解楷體形義之弊 …………………………………70

　　二、解決《說文》部首檢索楷體的缺失 …………………………………71

　第二節 《字通》之編輯體例分析 …………………………………73

　　一、分類體例之溯源 …………………………………73

　　二、分類編排之層次 …………………………………78

　　三、分類編排之形式 …………………………………124

　　四、始一終亥的序字體例 …………………………………126

　　五、體例與內容之性質與關係 …………………………………126

　第三節 《字通》附錄編輯體例分析 …………………………………132

　第四節 《字通》訓詁體例 …………………………………139

　　一、本文之訓詁 …………………………………139

　　二、附錄之訓詁 …………………………………146

下　冊

第四章 《字通》內容考證 …………………………………151

　第一節 分類構形體系 …………………………………151

　　一、八十九類構形析分之要素 …………………………………151

　　二、八十九類構形析分之類型 …………………………………158

　　三、八十九類取形歸類的方法 …………………………………208

　第二節 形體推源系統 …………………………………211

　　一、從此者 …………………………………212

　　二、如此作者 …………………………………302

　　三、推源疑誤考辨 …………………………………309

　第三節 字樣觀念 …………………………………316

　　一、《字通》之字樣辨似 ···317

　　二、《字通》之正俗觀 ···331

第五章　結　論 ··359

　第一節　研究成果總結 ···359

　第二節　研究價值與展望 ··363

參考書目 ···365

附　錄 ··371

　一、《字通》分類表 ··371

　二、《字通》分類字表 ···374

　三、《字通》附錄字表 ···394

　四、李從周相關文獻輯考 ··397

第七、八、九冊　近現代古文字學者篆書之研究

作者簡介

　　姚吉聰，1971 年 12 月生於臺灣彰化伸港，國立台灣師範大學國文系畢業、明道管理學院國學研究所第一屆書法藝術碩士、國立中興大學中文系博士，現任台中市立豐原高商教師、台中市書法協會常務理事。曾任旱蓮書會第五任會長，作品曾獲第十四屆大墩美展書法類第一名、苗栗美展、台中縣美展書法篆刻類第一名等。

　　曾發表之書法相關論文有〈《文心雕龍・書記》與《書譜》定名關係之研究〉、〈《書譜》中的辯證思想〉、《清代後期篆書造形研究》、〈安國的天鵝之歌〉、吳大澂〈光緒三年三月二十二日致陳介祺尺牘〉研究、〈豐原慈濟宮日治時期楹聯書法探析〉……等。書法作品以篆書為主，兼及其他字體，並以「求篆甲金，期能汲古生新；隨字大小，盼得自然風致；濃枯疾澀，願生節奏韻律；齊莊中正，勉於君子之風」的理念展開創作。

提　要

　　本文以書法藝術中之篆書為研究對象，書家群體則為研究古文字之學者，時間跨度定為近代至現代。古文字學的新發展與篆書藝術的新表現，在近代的吳大澂的學術研究與篆書表現上，有承先啓後的重要地位，故以其為始，列敘至已故而兼能篆書的古文字學者。

　　本文二～五章列敘諸家，以文獻搜集與整理為開端，將自吳大澂以來兼善

篆書之古文字學者，其古文字學之研究與貢獻，作扼要之說明，以顯揚學者之高度、知其學問根柢，以明創作之本。次則針對諸家作品（圖版）作搜羅與對照，從中以明其古文字學研究，與所書之作品學與用相發的關聯。結論則爲古文字學者書家之綜合分析歸納，統合整理分析出古文字學者篆書家一派之成就與特色，意義與精神。至於非古文字學者之篆書表現則於附錄中備考。

近現代古文字學者憑藉著清代金石學研究的豐富積累，考古文物、文獻資料的「文字之福」，著錄資料的傳播與保存遠邁前代，治學方法的傳承與開新，發展出現代化的古文字學，不論是舊有領域如小篆、六國文字、金文等門類的完善與推進，或是新發現的文字資料如甲骨文、春秋戰國金文、戰國簡牘帛書等新領域的建立與完善，都在近現代古文字學者書家手上獲得重大的成就。促進了以此爲創作依託的古文字書法（篆書）在固有領域有了突破與完善；在新興領域有了創建與推動。古文字書法在古文字學中雖非重要門類，卻因學術的進步，使得每有新發現便使書法史一再增補。

這一群具有相近學習背景、學術專業的近現代古文字學者的篆書表現，形成了一個用字有據、用詞意涵豐富、書風雅正的古文字學者流派，依各人專擅的研究領域寫出其學養與藝術表現相發的篆書，體現了「書者，如也，如其人、如其學、如其才」的傳統、正統的書法藝術觀。這種有文化深度且表現出其學者風範的篆書表現，爲往後的書法發展提供了最有核心意義的參照：一個守正且自然的人格書法典型；爲越發走向視覺、形式的現代書壇丟出一個深沉的思考課題。

目　次

上　冊

第一章　緒　論 ·· 1
　第一節　研究動機 ·································· 2
　第二節　研究範圍 ·································· 3
　第三節　研究方法與限制 ···················· 19
第二章　近代古文字學者之篆書表現 ·········· 21
　第一節　吳大澂——學藝事功　大小二篆 ···· 22
　第二節　王懿榮——鑑別精妙　甲骨宗祧 ···· 54
　第三節　孫詒讓——樸學殿軍　研契權輿 ···· 68
第三章　近、現代古文字學者之篆書表現 ···· 81
　第一節　羅振玉——討文傳後　盛業克昭 ···· 81

第二節　孫　儆——知命研契　文采斐然 …………………………………… 115

第三節　王　襄——別裁類例　健拔高古 …………………………………… 121

第四節　丁佛言——踵武愙齋　醇古沉厚 …………………………………… 136

第五節　葉玉森——究心鈎覆　刀筆雙美 …………………………………… 155

第六節　馬　衡——考古奠基　文質彬彬 …………………………………… 173

中　冊

第四章　現代古文字學者之篆書表現（一） ……………………………… 191

第一節　郭沫若——器立標準　唯物騁才 ………………………………… 191

第二節　容　庚——文編岸立　承傳雪堂 ………………………………… 217

第三節　董作賓——科學考古　鑿破鴻蒙 ………………………………… 236

第四節　鮑　鼎——小校碁成　貞諒廉隅 ………………………………… 282

第五節　唐　蘭——博洽論理　契學奇峰 ………………………………… 290

第六節　戴君仁——舊書新法　宿儒人師 ………………………………… 310

第七節　商承祚——平實溫潤　學書相發 ………………………………… 326

第八節　顧廷龍——淳厚渾穆　神明內斂 ………………………………… 352

第五章　現代古文字學者之篆書表現（二） ……………………………… 371

第一節　弓英德——精研六書　渾厚華滋 ………………………………… 371

第二節　孫海波——甲骨文編　純淨中和 ………………………………… 383

第三節　胡厚宣——甲骨商史　駸駸四堂 ………………………………… 398

第四節　張政烺——真誠求實　謙謙儒者 ………………………………… 415

第五節　魯實先——古倉今魯　超越前儒 ………………………………… 428

第六節　金祥恆——續甲文編　精思探奧 ………………………………… 447

下　冊

第六章　結論：近現代古文字學者篆書之成就與意義 …………………… 459

第一節　既有篆書書體的發展與完善 ……………………………………… 460

第二節　篆書新書體的醞釀、創立與發展 ………………………………… 465

第三節　書法史的增補 ……………………………………………………… 491

第四節　古文字學者篆書書風之興起與發展 ……………………………… 499

第五節　總結 ………………………………………………………………… 504

參考書目 ……………………………………………………………………… 507

附錄一　近現代非古文字學者之篆書表現 ………………………………… 521

附錄二　近現代古文字學者事蹟年表 ……………………………………… 613

附錄三　圖版徵引資料表 ·································· 635
附錄四　中國大陸 1949 後書畫作品禁止出境表 ·················· 649

第十冊　詩經聯綿詞研究

作者簡介

郭哲瑜，苗栗縣人，逢甲大學中國文學系研究所碩士。現職國小教師。

提　要

聯綿詞爲「二字表一義」，由兩個不同音節組成，表示一個詞素，不能拆開解釋。其特性爲：不可分訓、兩個音節之間多數有聲韻關係、多數聯綿詞有字形不定情形、多數聯綿詞偏旁同化。基於聯綿詞「二字表一義」的特性，分析聯綿詞的上、下字本義與其詞義關係，發現以「A、B 各有本義，兩者與 C 無關」數量最多，共有五十四例，佔整體百分之五十，相對之下，「A、B 不能單獨使用，否則各自無義」數量較少，說明聯綿詞在選用字形，以既有的文字爲優先，若特地創造專屬聯綿詞，則詞彙使用會受限。其次，統計《詩經》聯綿詞，有聲韻關係爲九十五例，佔整體百分之八十九，證明聯綿詞多數有聲韻關係，以疊韻形式較多，講求聲調一致。在字形上，因聯綿詞爲記音載體，有「字形不定」的現象。根據統計，「字形不定」共一百零一例，佔整體百分之九十四。另外，字形因義符類化或另加形符，會致使偏旁同化的情形。經過統計，「偏旁同化」共七十一例，佔整體百分之六十六。

目　次

誌　謝
凡　例 ··· 1
第一章　緒論 ·· 3
　第一節　研究動機與目的 ······································· 3
　第二節　研究方法 ··· 4
　第三節　相關文獻回顧 ··· 5
第二章　聯綿詞界說 ·· 9
　第一節　聯綿詞的定義 ··· 9
　　一、起因 ··· 9
　　二、歷史發展 ··· 14
　　　（一）先秦 ··· 14

（二）漢代 15

（三）六朝 16

（四）唐代 17

（五）宋代 19

（六）明、清 20

（七）近代 20

（八）當代 21

第二節　聯綿詞的特性 23

第三節　相關詞語說明 28

（一）字與詞 28

（二）衍聲詞與合義詞 29

（三）疊音詞與疊義詞 30

（四）聯綿詞與假借字 31

第三章　〈國風〉聯綿詞析論 33

第一節　A、B 各有本義，兩者與 C 無關 33

第二節　A（或 B）本義與 C 相關，B（或 A）本義與 C 無關 ... 62

第三節　A（或 B）本義與 C 相關，B（或 A）不能單獨使用 ... 79

第四節　A（或 B）本義與 C 無關，B（或 A）不能單獨使用 ... 85

第五節　A、B 不能單獨使用，否則各自無義 92

第四章　〈雅〉〈頌〉聯綿詞析論 105

第一節　A、B 各有本義，兩者與 C 無關 105

第二節　A（或 B）本義與 C 相關，B（或 A）本義與 C 無關 ... 127

第三節　A（或 B）本義與 C 相關，B（或 A）不能單獨使用 ... 132

第四節　A（或 B）本義與 C 無關，B（或 A）不能單獨使用 ... 133

第五節　A、B 不能單獨使用，否則各自無義 133

第五章　《詩經》聯綿詞譜 139

第一節　聲韻俱同 139

第二節　聲同韻近 140

第三節　聲同韻異 141

第四節　聲近韻同 143

第五節　聲異韻同 144

第六節　聲近韻近 147

第七節　聲異韻近 ……………………………………………… 147

第八節　聲近韻異 ……………………………………………… 149

第九節　聲韻畢異 ……………………………………………… 149

第六章　關於《詩經》聯綿詞之綜合觀察 …………………… 151

第一節　聯綿詞的聲韻現象 …………………………………… 151

一、聲母、韻母比較 ………………………………………… 152

二、聲調比較 ………………………………………………… 158

第二節　聯綿詞的字形現象 …………………………………… 158

一、偏旁同化的原因 ………………………………………… 160

二、偏旁同化的影響 ………………………………………… 160

第三節　聯綿詞的詞義現象 …………………………………… 161

一、同義關係 ………………………………………………… 162

二、同源關係 ………………………………………………… 163

第七章　結論 …………………………………………………… 169

參考文獻 ………………………………………………………… 175

附錄　詞目索引 ………………………………………………… 183

一、筆畫索引 …………………………………………………… 183

二、漢語拼音索引 ……………………………………………… 185

第十一冊　邵晉涵《爾雅正義》同族詞研究

作者簡介

林永強，台灣雲林人，畢業於淡江大學中國文學系、政治大學中國文學研究所，現任教於新北市國中。本書能順利付梓，由衷感謝業師竺家寧教授、周美慧教授、宋韻珊教授、丘彥遂教授，李長興講師，以及內子簡汎純的批評指導，另著有：〈《方言箋疏》同族詞所反映的詞根形式舉隅〉。

提　要

本文以邵晉涵《爾雅正義》「因聲求義」243 條詞條作爲研究對象，全文共分六章，首先探討「同族詞」的定義、研究概況以及和「同源詞」之間的概念區分；其次整理、系聯《爾雅正義》的同族詞，並以現代語言學的角度加以分析，從中構擬出 103 組同族詞的詞根形式以及 15 組同族聯綿詞，按照李方桂先生的上古二十二韻部加以排列；接著藉由系聯的成果，進而分析《爾雅正義》

同族詞所表現的「語音關係類型」和「詞義關係類型」，並就整體來觀察《爾雅正義》在同族詞研究上的貢獻與局限。以下分別論述各章大要：

第　章首先論述本文的「研究動機與目的」，其次介紹本文所使用的「研究方法」和「研究步驟」，第三部分是「文獻探討」，包括邵晉涵《爾雅正義》的研究和《爾雅》注本及其詞源研究兩個方面，並且對於前人研究的成果作全面性的檢討。

第二章分爲四個小節：第一節主要論述邵晉涵的生平背景和個人著作，第二節則介紹《爾雅正義》的成書背景和現存的兩個版本，第三節以黃侃先生〈爾雅略說〉對於《爾雅正義》所區分的六大體例舉例說明之，第四節主要論述《爾雅正義》在「因聲求義」的理論和實踐上，可分爲「破假借」、「明轉語」、「辨連語」、「別重語」、「系聯同族詞和同族聯綿詞」和「探求事物得名之由來」六個方面。尤其在「明轉語」方面，筆者全面性統計《爾雅正義》一書所使用「因聲求義」的詞條，總計 243 條(包含單音詞 212 條和複音詞 31 條)，使用「轉語」的術語更高達 45 種。

第三章首先論述「同族詞」的定義，並引用現代學者對於「同源詞」和「同族詞」是否區分的看法以及本文的立場。其次回顧「漢語同族詞」研究的歷史，主要是從「傳統詞源學」(聲訓說、右文說、語轉說)和「現、當代詞源學」兩方面著手。最後介紹本文系聯《爾雅正義》「同族詞」的判斷原則和分析依據，原則上根據「音義兼顧原則」，語音關係上採用李方桂先生的上古音系統，並分爲「音同」、「音近」和「音轉」三大類；詞義關係上則使用胡繼明先生「詞義相同」和「詞義相關」的分類，再加上筆者所獨立「同族字和同族詞之重疊部分」一類，總共分爲三類。

第四章是本文研究的重點，首先全面分析、考察《爾雅正義》「因聲求義」212 條單音詞的詞條，並且系聯出 103 組同族詞組，按照李方桂先生上古二十二韻部加以排列。其次再探討《爾雅正義》「因聲求義」31 條複音詞的詞條，進而系聯出 15 組同族聯綿詞。

第五章是根據本文所系聯的 103 組同族詞組，分析《爾雅正義》同族詞的語音關係和詞義關係；在語音關係上，主要分爲「音同」、「音近」和「音轉」(聲轉、韻轉、聲韻皆轉)三類，在詞義關係上，則分爲「同族字和同族詞之重疊部分」、「詞義相同」(本義和本義相同、本義和引申義相同、引申義和引申義相同)和「詞義相關」(具有相同特徵、具有相同特質、特指與泛指)三類，最後再加以統計分析各小類所占的百分比例。

　　第六章分為三個小節：第一節論述《爾雅正義》在同族詞研究上的貢獻，主要是從「理論層面」(存古義、廣古訓、存古音)、「方法層面」(系源法)和「實踐層面」(系聯同族詞、涉及同族字和同族詞之重疊部分、系聯同族聯綿詞)三方面著手。第二節探究《爾雅正義》在同族詞研究上的局限，可分為「同音詞和同族詞相混」、「同義詞和同族詞相混」、「本字、通假字和同族詞相混」、「異體字和同族詞相混」和「術語使用的任意性」五大缺失。第三節則是討論本文尚待研究之處，未來將擴展至其他漢語的文獻材料，找出相對應的藏緬詞語，建立漢藏同源詞表和形態類型，最終目標是希望能夠重新建構原始漢藏語的形式。

　　最後希望本文探討《爾雅正義》詞條類聚群分的詞語關係，分析歸納其義衍音轉的漢語詞族，可以初步了解邵晉涵《爾雅正義》中同族詞的性質和內容，並且進一步還原《爾雅正義》在漢語詞源史上的地位和成就。

目　次

第一章　緒　論 ·· 1
　第一節　研究動機與目的 ··· 1
　第二節　研究方法與步驟 ··· 3
　　一、研究方法 ·· 3
　　　（一）系源法 ·· 3
　　　（二）推源法 ·· 5
　　　（三）內部擬測法 ··· 6
　　　（四）義素分析法 ··· 8
　　二、研究步驟 ·· 11
　第三節　文獻探討 ··· 12
　　一、邵晉涵《爾雅正義》研究概述 ······························· 12
　　　（一）概論性的介紹 ··· 13
　　　（二）專門性的探討 ··· 16
　　二、《爾雅》及其注本的詞源研究概述 ··························· 20
　　　（一）爾雅類 ·· 21
　　　（二）爾雅注本類 ··· 23
　　　（三）其他類 ·· 25
　　三、前人研究成果檢討 ··· 25
第二章　邵晉涵《爾雅正義》概述 ···································· 27

第一節　邵晉涵之生平及其著作 ┈┈┈┈┈┈┈┈┈┈┈┈┈┈┈┈27

一、邵晉涵之生平 ┈┈┈┈┈┈┈┈┈┈┈┈┈┈┈┈┈┈┈┈┈27

二、邵晉涵之著作 ┈┈┈┈┈┈┈┈┈┈┈┈┈┈┈┈┈┈┈┈┈29

第二節　《爾雅正義》之成書過程及版本 ┈┈┈┈┈┈┈┈┈┈┈31

一、《爾雅正義》之成書過程 ┈┈┈┈┈┈┈┈┈┈┈┈┈┈┈31

二、《爾雅正義》之版本 ┈┈┈┈┈┈┈┈┈┈┈┈┈┈┈┈┈32

第三節　《爾雅正義》之體例 ┈┈┈┈┈┈┈┈┈┈┈┈┈┈┈┈┈32

一、校文 ┈┈┈┈┈┈┈┈┈┈┈┈┈┈┈┈┈┈┈┈┈┈┈┈┈33

二、博義 ┈┈┈┈┈┈┈┈┈┈┈┈┈┈┈┈┈┈┈┈┈┈┈┈┈34

三、補郭 ┈┈┈┈┈┈┈┈┈┈┈┈┈┈┈┈┈┈┈┈┈┈┈┈┈34

四、證經 ┈┈┈┈┈┈┈┈┈┈┈┈┈┈┈┈┈┈┈┈┈┈┈┈┈35

五、明聲 ┈┈┈┈┈┈┈┈┈┈┈┈┈┈┈┈┈┈┈┈┈┈┈┈┈36

六、辨物 ┈┈┈┈┈┈┈┈┈┈┈┈┈┈┈┈┈┈┈┈┈┈┈┈┈36

第四節　《爾雅正義》因聲求義之理論與實踐 ┈┈┈┈┈┈┈┈37

一、「因聲求義」概述 ┈┈┈┈┈┈┈┈┈┈┈┈┈┈┈┈┈┈┈37

二、《爾雅正義》「因聲求義」之實踐 ┈┈┈┈┈┈┈┈┈┈39

（一）破假借 ┈┈┈┈┈┈┈┈┈┈┈┈┈┈┈┈┈┈┈┈┈41

（二）明轉語 ┈┈┈┈┈┈┈┈┈┈┈┈┈┈┈┈┈┈┈┈┈41

（三）辨連語 ┈┈┈┈┈┈┈┈┈┈┈┈┈┈┈┈┈┈┈┈┈44

（四）別重語 ┈┈┈┈┈┈┈┈┈┈┈┈┈┈┈┈┈┈┈┈┈46

（五）系聯同族詞和同族聯綿詞 ┈┈┈┈┈┈┈┈┈┈┈48

（六）探求事物得名之由來 ┈┈┈┈┈┈┈┈┈┈┈┈┈49

第三章　同族詞概論 ┈┈┈┈┈┈┈┈┈┈┈┈┈┈┈┈┈┈┈┈┈┈┈51

第一節　同族詞的定義 ┈┈┈┈┈┈┈┈┈┈┈┈┈┈┈┈┈┈┈┈┈51

第二節　同族詞研究回顧 ┈┈┈┈┈┈┈┈┈┈┈┈┈┈┈┈┈┈┈57

一、傳統詞源學時期 ┈┈┈┈┈┈┈┈┈┈┈┈┈┈┈┈┈┈┈59

（一）聲訓說 ┈┈┈┈┈┈┈┈┈┈┈┈┈┈┈┈┈┈┈┈┈59

（二）右文說 ┈┈┈┈┈┈┈┈┈┈┈┈┈┈┈┈┈┈┈┈┈64

（三）轉語說 ┈┈┈┈┈┈┈┈┈┈┈┈┈┈┈┈┈┈┈┈┈74

二、現、當代詞源學 ┈┈┈┈┈┈┈┈┈┈┈┈┈┈┈┈┈┈┈92

（一）章太炎──《文始》 ┈┈┈┈┈┈┈┈┈┈┈┈┈┈93

（二）楊樹達──《積微居小學述林》、《積微居小學金石論叢》┈┈97

（三）沈兼士——《沈兼士學術論文集》 101

（四）高本漢——《Word Families in Chinese》 107

（五）藤堂明保——《漢字語源辭典》 111

（六）王力——《同源字典》 114

第三節　同族詞的判斷原則和分析依據 118

一、同族詞的判斷原則 118

二、同族詞的分析依據 120

（一）同族詞語音關係的分析依據 120

（二）同族詞詞義關係的分析依據 122

第四章　《爾雅正義》同族詞和同族聯綿詞分析 125

第一節　《爾雅正義》同族詞分析 125

一、之部 126

二、蒸部 130

三、幽部 132

四、中部 139

五、緝部 140

六、侵部 141

七、微部 145

八、文部 150

九、祭部 156

十、歌部 159

十一、元部 164

十二、葉部 173

十三、談部 174

十四、魚部 176

十五、陽部 184

十六、宵部 192

十七、脂部 195

十八、眞部 200

十九、佳部 204

二十、耕部 206

二十一、侯部 209

二十二、東部 ································· 214

第二節　《爾雅正義》同族聯綿詞分析 ··········· 217

第五章　《爾雅正義》同族詞的語音關係和詞義關係分析 ·· 235

第一節　語音關係類型 ······················· 235

一、音同類 ······························· 235

二、音近類 ······························· 238

三、音轉類 ······························· 238

（一）聲轉 ····························· 239

（二）韻轉 ····························· 240

（三）聲韻皆轉 ························· 242

四、小結 ································· 243

第二節　詞義關係類型 ······················· 243

一、同族字和同族詞之重疊部分 ··········· 244

二、詞義相同 ····························· 246

（一）本義與本義相同 ··················· 248

（二）本義與引申義相同 ················· 249

（三）引申義與引申義相同 ··············· 251

三、詞義相關 ····························· 252

（一）具有相同特徵 ····················· 253

（二）具有相同性質 ····················· 254

（三）特指與泛指 ······················· 255

四、小結 ································· 255

第六章　結論 ································· 257

第一節　《爾雅正義》同族詞研究的貢獻 ········· 257

一、理論層面 ····························· 258

（一）存古義 ··························· 258

（二）廣古訓 ··························· 259

（三）存古音 ··························· 261

二、方法層面 ····························· 262

（一）根據聲訓原理系源 ················· 262

（二）根據語轉說原理系源 ··············· 263

（三）根據右文說原理系源 ··············· 263

（四）根據轉注字原理系源 ………………………………… 264

三、實踐層面 ………………………………………………… 265

（一）系聯同族詞 …………………………………………… 265

（二）涉及同族字和同族詞的重疊部分 …………………… 266

（三）系聯同族聯綿詞 ……………………………………… 267

第二節　《爾雅正義》同族詞研究的局限 ………………… 268

一、「同音詞」與「同族詞」相混 ………………………… 268

二、「同義詞」與「同族詞」相混 ………………………… 269

三、「本字」、「通假字」與「同族詞」相混 …………… 270

四、「異體字」與「同族詞」相混 ………………………… 272

五、術語使用的任意性 ……………………………………… 273

第三節　未來研究的方向和展望 …………………………… 274

參考書目 ……………………………………………………… 277

附錄一　《爾雅正義》同族詞組索引 ……………………… 289

附錄二　《爾雅正義》同族聯綿詞組索引 ………………… 297

第十二冊　從語言共性看上古音複聲母之系統及結構問題

作者簡介

李千慧

學歷：國立政治大學中國文學研究所碩士、國立政治大學中國文學研究所
　　　博士

現職：國立臺北教育大學博士後研究員

經歷：國立政治大學中國文學系兼任講師（2014～2016）、國立臺北教育大
　　　學語文與創作學系

博士後研究員（2017.08 至今）

博士論文《漢語近代音全濁聲母的演化類型研究》

提　要

本論文由觀察漢語之親屬語言出發，結合諧聲、通假、同源詞、反切又音、聲訓、重文、古籍注音、異文、聯綿詞、漢語方言、古文字、域外譯音等文獻材料，並結合印歐語系之語言，藉由「語言的普遍性」來全面探討上古複聲母的結合規律、類型甚至是演變。筆者嘗試從漢語的內部材料與親屬語等外部材

料中歸納出上古漢語複聲母的種類及其系統性。

此外，借助現代「語音學」的研究成果，可檢視音節的輔音配列是否合乎響度原則。利用音素的響度高低判斷輔音結合的可能，並驗證於親屬語言中的複聲母形式，從而認定上古漢語複聲母的可能形式。此種研究方式來檢測學者構擬的複聲母的類型，是一種新的嘗試。雖然，親屬語言中發展不平衡的語音現象，說明了即便是親屬語言也會因為社會狀態、系統制約等因素的影響之下，使得音變的結果有所不平衡。不過我們相信這種不平衡的差異在親屬語言裡仍可呈現規律的對應，某些形式當是由某個最初的形式演變而來。

透過歷史比較的方法，我們期盼可以找出語音演變的規律，重建上古漢語最初的語音形式，進一步將學者們所構擬的上古漢語詞綴與複聲母系統作一個檢視，看看這樣的擬構是否能真能符合語言演化的「規律性」、「普遍性」與「系統性」。嘗試釐清複聲母與詞頭間錯縱複雜的關係，這二者如何演化？以至於消失在漢語語音的歷史舞台。

目　次

第一章　緒　論 ……………………………………………………………… 1
　第一節　研究動機與目的 ………………………………………………… 1
　第二節　文獻回顧 ………………………………………………………… 4
　　一、上古複聲母系統的前人成果回顧 ………………………………… 4
　　二、上古漢語詞頭問題簡要回顧 ……………………………………… 7
　第三節　研究方法與步驟 ……………………………………………… 10
　　一、研究方法 ………………………………………………………… 11
　　二、研究步驟 ………………………………………………………… 14
第二章　從語言的共性看複聲母結構 ………………………………… 17
　第一節　印歐語及其語音體系 ………………………………………… 17
　　一、印歐語系概述 …………………………………………………… 18
　　二、原始印歐語複聲母類型與系統 ………………………………… 19
　第二節　印歐語系輔音群之類型與異同 …………………………… 29
　　一、希臘語的形成及其輔音群概況 ………………………………… 29
　　二、梵語的形成及其輔音群概況 …………………………………… 31
　　三、拉丁語的形成及其輔音群概況 ………………………………… 33
　　四、印歐語系複聲母之共性與殊性 ………………………………… 34
　第三節　輔音的搭配方式與限制 …………………………………… 38

第三章　漢藏語系之複聲母系統 ……………………………………45
　第一節　藏緬語現存之複聲母及其類型 …………………………46
　　一、藏語複輔音的性質特點及其結構形式 ……………………46
　　二、彝語支的複輔音聲母及其結構形式 ………………………55
　第二節　苗瑤語現存之複聲母及其類型 …………………………60
　　一、苗語羅泊河次方言之野雞坡聲母系統 ……………………62
　　二、苗語湘西方言西部土語之臘乙坪的聲母系統 ……………64
　第三節　侗台語現存之複聲母及其類型 …………………………66
　　一、侗水語支之水語的複聲母概況 ……………………………68
　　二、台語支泰語的複聲母概況 …………………………………71
　第四節　由語言的普遍性看複輔音的結合 ………………………72
　　一、印歐語系語言及親屬語中複聲母的結合規律 ……………72
　　二、輔音群的類型、來源、演變與異同 ………………………76
第四章　上古漢語複聲母構擬之分析 ………………………………85
　第一節　擬訂複聲母的幾個原則 …………………………………85
　第二節　上古漢語複聲母構擬之分析 ……………………………94
　第三節　同族語複聲母系統之比較 ……………………………127
　　一、《苗瑤語古音構擬》之原始苗瑤語複聲母分析 ………127
　　二、《侗台語族概論》原始侗台語複聲母分析 ……………132
第五章　上古漢語的複聲母與詞頭問題 …………………………141
　第一節　諧聲原則與形態相關 …………………………………142
　　一、傳統音韻層面的諧聲說 …………………………………143
　　二、諧聲現象是反映上古漢語形態的新說 …………………147
　　三、「形態音位」與「音韻音位」 …………………………151
　第二節　上古漢語前綴及其語法功能 …………………………160
　　一、上古漢語前綴 *s- …………………………………………160
　　二、上古漢語前綴 *ɦ- ………………………………………165
　　三、上古漢語前綴 *g- …………………………………………170
　　四、上古漢語前綴 *r- …………………………………………175
　　五、上古漢語前綴 *m- ………………………………………177
第六章　結　論 ……………………………………………………181
　　一、應重視輔音的系統性與對稱性 …………………………182

二、複輔音系統應以單輔音系統爲基礎 ································ 184

三、「響度原則」影響輔音群的類型 ································ 185

四、「發音機制」影響輔音間的結合與演變 ······················ 186

五、上古漢語複聲母類型與結合規律 ······························ 187

六、須區分「形態音位」與「音韻音位」之異同 ·················· 199

七、上古漢語複聲母系統與結構問題研究的未來展望 ············· 202

徵引書目 ·· 205

第十三、十四冊　粵北始興客家音韻及其周邊方言之關係

作者簡介

劉勝權，苗栗縣頭屋鄉飛鳳村（舊名天花湖）人，母語爲四縣客家話。台北市立教育大學中國語文學系博士，師從古國順、羅肇錦兩位老師。專長爲漢語方言學、客家方言音韻研究。曾任教於交通大學、台北市立教育大學、東吳大學等校，開設有中級客語、初級客語、醫護客語、語音學、國文等課程。現職爲新生醫護管理專科學校助理教授。曾參與「客語能力認證考試」開辦初期相關工作，擔任客家委員會諮詢委員、台灣客家語文學會理事，從事客家語文工作已十餘年，目前定居於新竹縣關西鎮。

提　要

本文共分十章，除首章緒論以及末章結語之外，正文的討論從第二章至第九章爲止。其中可大分三部份，首先是始興客家方言的背景介紹和音系描寫；次爲始興客家話的音韻特色及比較；最後則屬於延伸問題的探討。藉此將始興客家話和周邊方言的特色及相關問題加以釐清。

第二章粵北客家方言的形成、分佈和研究現況。本章討論了粵北地區客家方言的主要移民源頭爲閩西上杭、永定、武平等地，而越是接近贛南、粵東，客家人口越多。這對後續討論始興客家話的音韻特色甚有幫助。而從研究現況的討論可知目前始興客家話的研究甚少，使本文的寫作更具價值。

第三章始興客家話音韻系統。本章描寫了始興各地客家方言點之音系，比較仔細描寫了各地聲韻調的內容，例如//音位內涵的差異。

第四章始興客家話的音韻特點。本章從聲母、韻母、聲調等分別介紹，主要從歷時角度，說明始興客家話共同的特點，表現其總體特色。

第五章始興客家話的差異與源變。本章討論了始興客家話突出的南北對

立，以及與閩西上杭等地、粵北臨近地方之比較。主要進行共時層面的比較以呈現始興客家話的內部差異以及變化。

第六章始興客家話的入聲韻尾與聲調歸併。從比較的觀點討論了始興客家話入聲韻尾變化的方向和速度，以及聲調歸併的發展。我們發現早期客家話應具有獨立的低升陽上調，而始興客家話聲調更發生過「鍊移」使其調值獨具特色。

第七章客贛方言來母異讀現象。本章從客贛方言來母異讀談起，基於客家方言聲母系統的「空格」及與客家關係密切之少數民族語言比較，我們認爲早期客家方言聲母系統擁有清邊音//，而清邊音的消失與中古廣韻文讀勢力介入有關。

第八章南雄方言與始興客家。南雄與始興在歷史上具有十分緊密的關係，經過比較，始興客家音韻特徵的南北分立恰是閩西祖地與南雄方言的對比。我們認爲複雜多元的南雄方言影響了始興北部客家話，而其中許多音韻現象來自贛南「老客家話」的延伸。

第九章從始興方言檢討粵北客家話的分片。原來的中國語言地圖集將粵北客家話大分爲粵台片和粵北片。粵台片方言符合其源自粵東的來歷，而粵北片方言實際多來自閩西上杭等地，音韻特色亦多有相同。本章認爲堪稱獨具粵北特色者，應屬南雄、始興北部、仁化東部等鄰近贛南的一塊。因此，本章將之稱爲「粵北片」方言，而原粵北片則稱「閩西上杭型」方言，更符合移民來源。

目　次

上　冊

第一章　緒　論 ……………………………………………………………………… 1

　第一節　研究動機與範疇 ……………………………………………………… 1

　第二節　始興縣背景概述 ……………………………………………………… 3

　　一、始興縣之地理位置及自然環境 ………………………………………… 3

　　二、始興縣之歷史沿革及南北往來 ………………………………………… 3

　　三、始興縣之行政區劃暨語言使用 ………………………………………… 5

　第三節　文獻回顧 ……………………………………………………………… 5

　　一、理論回顧 …………………………………………………………………… 6

　　二、方言學與客家方言 ……………………………………………………… 8

　第四節　本文研究理路和方法 ……………………………………………… 10

第二章　粵北客家方言的形成、分佈和研究現況 ……………………… 15

第一節　粵北客家方言的形成 …………………………………15
　一、客家方言的形成 …………………………………………15
　二、老客家話的發展 …………………………………………20
第二節　粵北客家方言的分佈 …………………………………22
　一、純客縣（市區） …………………………………………22
　二、超過半數的縣（市區） …………………………………23
　三、未達半數的縣（市區） …………………………………24
第三節　粵北客家方言的研究現況 ……………………………25
　一、現今關於粵北客家方言的研究文獻 ……………………25
　二、始興客家話直接研究文獻 ………………………………30
第三章　始興客家話音韻系統 …………………………………33
第一節　太平客家話之語音系統 ………………………………34
　一、聲母 ………………………………………………………34
　二、韻母 ………………………………………………………34
　三、聲調 ………………………………………………………36
　四、連讀變調 …………………………………………………36
第二節　馬市客家話之語音系統 ………………………………37
　一、聲母 ………………………………………………………37
　二、韻母 ………………………………………………………38
　三、聲調 ………………………………………………………39
　四、連讀變調 …………………………………………………39
第三節　羅壩客家話之語音系統 ………………………………40
　一、聲母 ………………………………………………………40
　二、韻母 ………………………………………………………41
　三、聲調 ………………………………………………………42
　四、連讀變調 …………………………………………………42
第四節　隘子客家話之語音系統 ………………………………43
　一、聲母 ………………………………………………………43
　二、韻母 ………………………………………………………44
　三、聲調 ………………………………………………………45
　四、連讀變調 …………………………………………………45
第五節　幾個音位問題說明 ……………………………………47

一、羅壩的 j-聲母 ·····47

二、鼻音顎化 ·····49

三、ɿ 和 ɯ 元音 ·····50

第四章　始興客家話的音韻特點 ·····53

第一節　聲母 ·····53

一、兩套滋絲音聲母 ·····53

二、非組讀如重唇的存古現象 ·····55

三、泥來母接細音的特殊音讀 ·····55

四、曉匣母的 s-聲母 ·····56

五、成音節鼻音 m ·····57

第二節　韻母 ·····58

一、i 介音／元音的影響 ·····58

二、果假效攝 ·····60

三、流攝 ·····61

四、遇攝 ·····61

五、蟹攝 ·····62

六、止攝 ·····64

七、咸山攝的分合 ·····66

八、深臻曾梗攝 ·····67

九、宕江通攝 ·····68

第三節　聲調 ·····70

一、聲調的數量 ·····70

二、濁上歸陰平 ·····70

三、次濁去聲歸陰去 ·····71

四、古入聲次濁聲母的分化 ·····71

五、連讀變調 ·····72

第五章　始興客家話的差異與源變 ·····75

第一節　內部差異：始興的南北差異 ·····75

一、非組的重唇讀法和「痱」 ·····75

二、遇蟹止攝三等的 ɿ：i ·····76

三、「魚、女、你」 ·····77

四、一二等 ·····78

五、次濁平讀陰平 ⋯⋯⋯⋯⋯⋯⋯⋯⋯⋯⋯⋯⋯⋯79

六、濁上歸去後的歸併 ⋯⋯⋯⋯⋯⋯⋯⋯⋯⋯⋯79

第二節　溯源明變：始興與閩西客家 ⋯⋯⋯⋯⋯80

一、精莊知章與見系的顎化 ⋯⋯⋯⋯⋯⋯⋯⋯⋯80

二、效攝流攝不合流 ⋯⋯⋯⋯⋯⋯⋯⋯⋯⋯⋯⋯82

三、梗開四的讀法 ⋯⋯⋯⋯⋯⋯⋯⋯⋯⋯⋯⋯⋯82

四、次濁上歸陰平 ⋯⋯⋯⋯⋯⋯⋯⋯⋯⋯⋯⋯⋯83

五、次濁平歸陰平 ⋯⋯⋯⋯⋯⋯⋯⋯⋯⋯⋯⋯⋯85

第三節　外部比對：始興與粵北客家 ⋯⋯⋯⋯⋯87

一、脣齒擦音 f 和 v 的對立 ⋯⋯⋯⋯⋯⋯⋯⋯⋯87

二、魚韻的成音節鼻音 ⋯⋯⋯⋯⋯⋯⋯⋯⋯⋯⋯89

三、y 元音的出現 ⋯⋯⋯⋯⋯⋯⋯⋯⋯⋯⋯⋯⋯92

四、歌豪肴韻的分合 ⋯⋯⋯⋯⋯⋯⋯⋯⋯⋯⋯⋯93

五、蟹攝開口四等的層次 ⋯⋯⋯⋯⋯⋯⋯⋯⋯⋯93

第四節　文白異讀 ⋯⋯⋯⋯⋯⋯⋯⋯⋯⋯⋯⋯⋯⋯97

一、文白異讀現象 ⋯⋯⋯⋯⋯⋯⋯⋯⋯⋯⋯⋯⋯97

二、特殊文白異讀討論 ⋯⋯⋯⋯⋯⋯⋯⋯⋯⋯⋯101

第六章　始興客家話的入聲韻尾與聲調歸併 ⋯⋯⋯105

第一節　始興客家話的入聲韻尾 ⋯⋯⋯⋯⋯⋯⋯106

一、客家方言入聲韻尾的發展 ⋯⋯⋯⋯⋯⋯⋯⋯107

二、演變類型 ⋯⋯⋯⋯⋯⋯⋯⋯⋯⋯⋯⋯⋯⋯⋯107

三、變化成因 ⋯⋯⋯⋯⋯⋯⋯⋯⋯⋯⋯⋯⋯⋯⋯109

四、變化速率 ⋯⋯⋯⋯⋯⋯⋯⋯⋯⋯⋯⋯⋯⋯⋯111

第二節　始興客家話的聲調歸併 ⋯⋯⋯⋯⋯⋯⋯114

一、客家話的聲調歸併 ⋯⋯⋯⋯⋯⋯⋯⋯⋯⋯⋯115

二、始興客家話的聲調與閩西客語 ⋯⋯⋯⋯⋯⋯116

三、始興客家話與閩西南客家的調值 ⋯⋯⋯⋯⋯118

四、早期始興客家話的聲調推擬 ⋯⋯⋯⋯⋯⋯⋯120

第七章　客贛方言來母異讀現象 ⋯⋯⋯⋯⋯⋯⋯⋯125

第一節　閩、客贛方言的來母異讀 ⋯⋯⋯⋯⋯⋯125

一、閩西北方言的 l>s ⋯⋯⋯⋯⋯⋯⋯⋯⋯⋯⋯126

二、客贛方言的 l>t，t>l ⋯⋯⋯⋯⋯⋯⋯⋯⋯⋯127

第二節　音變條件與方法 ⋯⋯⋯⋯⋯⋯⋯⋯⋯⋯⋯⋯⋯⋯ 130

　一、前人看法 ⋯⋯⋯⋯⋯⋯⋯⋯⋯⋯⋯⋯⋯⋯⋯⋯⋯⋯ 130

　二、本文的看法 ⋯⋯⋯⋯⋯⋯⋯⋯⋯⋯⋯⋯⋯⋯⋯⋯⋯ 131

第三節　客贛方言的 ɬ 聲母 ⋯⋯⋯⋯⋯⋯⋯⋯⋯⋯⋯⋯⋯ 134

　一、結構空格 ⋯⋯⋯⋯⋯⋯⋯⋯⋯⋯⋯⋯⋯⋯⋯⋯⋯⋯ 135

　二、底層影響 ⋯⋯⋯⋯⋯⋯⋯⋯⋯⋯⋯⋯⋯⋯⋯⋯⋯⋯ 136

　三、音變中斷 ⋯⋯⋯⋯⋯⋯⋯⋯⋯⋯⋯⋯⋯⋯⋯⋯⋯⋯ 137

　四、小結 ⋯⋯⋯⋯⋯⋯⋯⋯⋯⋯⋯⋯⋯⋯⋯⋯⋯⋯⋯⋯ 138

第四節　客家方言的 l⟷s ⋯⋯⋯⋯⋯⋯⋯⋯⋯⋯⋯⋯⋯⋯ 140

　一、方言地理的觀察 ⋯⋯⋯⋯⋯⋯⋯⋯⋯⋯⋯⋯⋯⋯⋯ 140

　二、「口水」和「舐」的考釋 ⋯⋯⋯⋯⋯⋯⋯⋯⋯⋯⋯ 143

第八章　南雄方言與始興客家 ⋯⋯⋯⋯⋯⋯⋯⋯⋯⋯⋯⋯ 147

第一節　南雄的開發暨方言概況 ⋯⋯⋯⋯⋯⋯⋯⋯⋯⋯⋯ 147

第二節　裂變與聚變：粵北土話的全濁聲母 ⋯⋯⋯⋯⋯⋯ 150

　一、「裂變－聚變」理論 ⋯⋯⋯⋯⋯⋯⋯⋯⋯⋯⋯⋯⋯ 150

　二、粵北土話全濁聲母清化送氣與否的類型與

　　　成因 ⋯⋯⋯⋯⋯⋯⋯⋯⋯⋯⋯⋯⋯⋯⋯⋯⋯⋯⋯⋯ 151

　三、模式的修正 ⋯⋯⋯⋯⋯⋯⋯⋯⋯⋯⋯⋯⋯⋯⋯⋯⋯ 154

　四、南雄方言濁上字的走向和去聲調歸併 ⋯⋯⋯⋯⋯⋯ 157

第三節　南雄方言對始興客家話的擴散 ⋯⋯⋯⋯⋯⋯⋯⋯ 160

　一、聲母 ⋯⋯⋯⋯⋯⋯⋯⋯⋯⋯⋯⋯⋯⋯⋯⋯⋯⋯⋯⋯ 160

　二、韻母 ⋯⋯⋯⋯⋯⋯⋯⋯⋯⋯⋯⋯⋯⋯⋯⋯⋯⋯⋯⋯ 162

　三、聲調 ⋯⋯⋯⋯⋯⋯⋯⋯⋯⋯⋯⋯⋯⋯⋯⋯⋯⋯⋯⋯ 165

　四、幾個特字 ⋯⋯⋯⋯⋯⋯⋯⋯⋯⋯⋯⋯⋯⋯⋯⋯⋯⋯ 169

下　冊

第九章　從始興方言檢討粵北客家話的分片 ⋯⋯⋯⋯⋯⋯ 173

第一節　始興客家話的南北片 ⋯⋯⋯⋯⋯⋯⋯⋯⋯⋯⋯⋯ 173

第二節　粵北客家話音韻概貌 ⋯⋯⋯⋯⋯⋯⋯⋯⋯⋯⋯⋯ 175

　一、聲母方面 ⋯⋯⋯⋯⋯⋯⋯⋯⋯⋯⋯⋯⋯⋯⋯⋯⋯⋯ 175

　二、韻母方面 ⋯⋯⋯⋯⋯⋯⋯⋯⋯⋯⋯⋯⋯⋯⋯⋯⋯⋯ 180

　三、聲調方面 ⋯⋯⋯⋯⋯⋯⋯⋯⋯⋯⋯⋯⋯⋯⋯⋯⋯⋯ 185

第三節　粵北客家話的分區問題 ⋯⋯⋯⋯⋯⋯⋯⋯⋯⋯⋯ 186

一、前人研究與問題提出 ……………………………………… 186

二、移民型方言的分區 ………………………………………… 188

第四節　小結 ……………………………………………………… 194

第十章　結　論 …………………………………………………… 195

第一節　本論文之研究成果 ……………………………………… 195

一、始興客家話語音特點及相關比較 ………………………… 195

二、由始興客家話所衍生的相關問題討論 …………………… 203

第二節　本論文之研究意義 ……………………………………… 206

一、補充粵北客家話研究質量之不足 ………………………… 206

二、方言學與移民史並重 ……………………………………… 207

三、豐富新、老客家話之研究 ………………………………… 207

第三節　有待持續研究之相關議題 ……………………………… 208

一、粵北各地客家話之調查研究 ……………………………… 208

二、擴展調查研究的範疇 ……………………………………… 209

三、可加強移民型方言的考察 ………………………………… 209

參考書目 …………………………………………………………… 211

附錄一　始興客家話字音對照表 ………………………………… 223

附錄二　始興客家話詞彙對照表 ………………………………… 311

《說文》禮樂器物形制考釋（上）

莊斐喬 著

作者簡介

莊斐喬，1986 年生，臺灣臺北人。臺南大學語文教育系學士，中央大學中國文學系碩士。現為中央大學中國文學系博士生。研究方向為文字學、訓詁學、《說文》學、《爾雅》學。除專著《說文禮樂器物形制考釋》外，另有〈《埤雅》、《爾雅翼》異同論〉、〈《埤雅·釋天》析論〉、〈《說文解字》新附字之佛教用字〉、〈《五星占》「凡五星五歲而一合」之商榷〉等期刊論文及研討會論文十餘篇。

提　要

　　許慎的《說文解字》是中國第一本字典，也是第一部系統分析漢字形體結構，說解本義的字書。本論文以王國維的二重證據法為研究方法，進行《說文》禮樂器的考釋撰寫。《說文》的名物訓詁占全書篇幅一半以上，是最適合使用二重證據法的領域，但限於時間與精力，本論文將焦點鎖定在禮樂器的考釋。分為「《說文》飲食器考釋」、「《說文》玉器考釋」、「《說文》樂器考釋」及「二重證據法在《說文》禮樂器研究運用的價值」四個主要章節。以《說文解字》而言，二重證據法之運用至少即有甲骨文、殷墟卜辭、殷周金文、戰國秦漢簡帛文字、曾侯乙墓樂器、及各地出土的各種古器物可以資取。本論文前三章臚列各器物之字形表與《說文》及段注文本，然後分別從「字形說明」、「器物形制」及「文化意涵」三方面進行考釋。後面一章則從文字及訓詁兩方面著眼，分項分目展現二重證據法在《說文》禮樂器研究運用的價值。文字方面可考《說文》禮樂器字體之有據、補《說文》禮樂器文字之失收、正《說文》禮樂器形構之譌誤、辨《說文》禮樂器字形之演變；訓詁方面則可以證《說文》禮樂器訓詁之可信、訂《說文》禮樂器說解之疏失、明《說文》禮樂器形制之欠詳、闡《說文》禮樂器文化之意涵。可看出二重證據法對名物的考釋確實大有助益。

凡　例

一、本論文以《說文解字》之器物考釋爲主軸，分爲飲食器、玉器及樂器三大類，再分爲若干小類。各小類中的字例選擇以有古文字及古文物可資印證者爲主要對象。字例安排爲（一）先列字形表，按各字體之時代先後爲序，同一時代字形取構形不同具代表性者爲例。（二）次列《說文》及段注原文，若二徐本與段注說解不同，先列二徐本。（三）字例考釋：分爲三部分，1. 字形說明：包含小篆、古文、籀文，在與地下出土文字對照之後，並進行考釋分析。2. 器物形制：以出土古文物印證《說文》之說解。在形制不夠詳明之處加以訂正補充。3. 文化意涵：以古籍及地下文物、文獻將文化意涵未瞭之處酌加闡發。由於不是每一字例皆有文化意涵，故將其統一置於各節相關小結。

二、本文所引《說文解字》原文及段玉裁注釋依據段玉裁《說文解字注》，簡稱《說文》、段注。頁碼標示爲洪葉版《新添古音說文解字注》，出版項僅在首見標明，餘者則僅標明頁數。段注的句讀參考鳳凰出版社，許惟賢所整理之《說文解字注》。

三、《說文解字》原文間採徐鉉校訂《說文解字》及徐鍇《說文解字繫傳》參校，分別簡稱大徐本、小徐本。出版項僅在首見標明，餘者則僅標明頁數。

四、本文采錄古典文獻及諸家專著、論文者，數量較多，爲求行文朗暢，故僅於首見處標明出版項，餘者皆僅標明卷數、頁數。

五、古文獻徵引：

本文引用甲骨文、金文主要以下列數本爲主：

（一）甲骨文：考古研究所編輯的《甲骨文編》、徐中舒的《甲骨文字典》、
劉釗、洪颺、張新俊等人編輯《新甲骨文編》、李宗焜《甲骨文字編》。

（二）金文：容庚編著的《金文編》、陳斯鵬的《新見金文字編》、戴家祥
《金文大字典》。

（三）簡帛等：張守中的《包山楚簡文字編》、張守中《睡虎地秦簡文字編》、
羅福頤《古璽文編》等。

（四）小篆、古文、籀文：皆以段玉裁《說文解字注》爲底本，小篆字體，
二徐本與段注有出入時，將二字併列於字形表中。另，小篆使用中
研院漢字構形資料庫之字體。

六、本文所引古文字字形、出土實物，盡可能註明其字體、年代及其出處，
如：甲骨文（甲878）、金文〈函皇父盤〉（《金文編》頁398）、殷商時期湖南出
土新寧飛仙橋瓠壺、睡虎地秦墓出土彩繪陶壺……等。

七、本書所引古文字字形，爲求原書編號一致及版面齊整，一律改以阿拉
伯數字標明，如：「前五・五・五」改爲「前5.5.5」。

目
次

上 冊

凡 例

第壹章 緒論 1

第一節 研究動機與目的 1

第二節 研究範圍 2

一、《說文解字》禮樂器訓詁 3

二、地下文獻 4

三、地下文物 5

第三節 文獻檢討 5

一、相關題材之研究文獻 5

二、相關方法之研究文獻 9

第四節 研究方法 11

一、二重證據法簡介 11

二、二重證據法的運用 13

第貳章 《說文》飲食禮器考釋 17

第一節 酒器 18

一、盛酒器 18

二、調酒器 34

三、飲酒器 38

第二節 水器 57

第三節 食器 72

一、盛食器 73

二、蒸飯器 86

第四節 小結 101

第參章　《說文》玉器考釋 ⋯⋯⋯⋯⋯⋯⋯⋯⋯⋯ 115
　第一節　六器類玉器 ⋯⋯⋯⋯⋯⋯⋯⋯⋯⋯⋯ 116
　第二節　其它類玉器 ⋯⋯⋯⋯⋯⋯⋯⋯⋯⋯⋯ 130
　第三節　小結 ⋯⋯⋯⋯⋯⋯⋯⋯⋯⋯⋯⋯⋯⋯ 137

下　冊
第肆章　《說文》樂器考釋 ⋯⋯⋯⋯⋯⋯⋯⋯⋯⋯ 145
　第一節　打擊樂器 ⋯⋯⋯⋯⋯⋯⋯⋯⋯⋯⋯⋯ 146
　　一、金類樂器 ⋯⋯⋯⋯⋯⋯⋯⋯⋯⋯⋯⋯⋯ 146
　　二、革類樂器 ⋯⋯⋯⋯⋯⋯⋯⋯⋯⋯⋯⋯⋯ 171
　　三、木類樂器 ⋯⋯⋯⋯⋯⋯⋯⋯⋯⋯⋯⋯⋯ 183
　　四、石類樂器 ⋯⋯⋯⋯⋯⋯⋯⋯⋯⋯⋯⋯⋯ 188
　第二節　弦樂器 ⋯⋯⋯⋯⋯⋯⋯⋯⋯⋯⋯⋯⋯ 191
　第三節　管樂器 ⋯⋯⋯⋯⋯⋯⋯⋯⋯⋯⋯⋯⋯ 202
　　一、竹類樂器 ⋯⋯⋯⋯⋯⋯⋯⋯⋯⋯⋯⋯⋯ 202
　　二、土類樂器 ⋯⋯⋯⋯⋯⋯⋯⋯⋯⋯⋯⋯⋯ 216
　　三、匏類樂器 ⋯⋯⋯⋯⋯⋯⋯⋯⋯⋯⋯⋯⋯ 218
　第四節　小結 ⋯⋯⋯⋯⋯⋯⋯⋯⋯⋯⋯⋯⋯⋯ 223
第伍章　二重證據法在《說文》禮樂器研究運用的
　　　　價值 ⋯⋯⋯⋯⋯⋯⋯⋯⋯⋯⋯⋯⋯⋯⋯ 227
　第一節　在《說文》禮樂器文字方面的價值 ⋯⋯⋯ 227
　　一、考《說文》禮樂器字體之有據 ⋯⋯⋯⋯⋯ 228
　　二、補《說文》禮樂器文字之失收 ⋯⋯⋯⋯⋯ 234
　　三、正《說文》禮樂器形構之譌誤 ⋯⋯⋯⋯⋯ 238
　　四、辨《說文》禮樂器字形之演變 ⋯⋯⋯⋯⋯ 243
　第二節　在《說文》禮樂器訓詁方面的價值 ⋯⋯⋯ 250
　　一、證《說文》禮樂器訓詁之可信 ⋯⋯⋯⋯⋯ 251
　　二、訂《說文》禮樂器說解之疏失 ⋯⋯⋯⋯⋯ 253
　　三、明《說文》禮樂器形制之欠詳 ⋯⋯⋯⋯⋯ 255
　　四、闡《說文》禮樂器文化之意涵 ⋯⋯⋯⋯⋯ 261
　第三節　小結 ⋯⋯⋯⋯⋯⋯⋯⋯⋯⋯⋯⋯⋯⋯ 267
第陸章　結論 ⋯⋯⋯⋯⋯⋯⋯⋯⋯⋯⋯⋯⋯⋯⋯ 269
參考書目 ⋯⋯⋯⋯⋯⋯⋯⋯⋯⋯⋯⋯⋯⋯⋯⋯⋯ 275
附圖目錄 ⋯⋯⋯⋯⋯⋯⋯⋯⋯⋯⋯⋯⋯⋯⋯⋯⋯ 285

第壹章　緒　論

第一節　研究動機與目的

　　東漢許慎《說文解字》是中國歷史上現存的第一本字典，當時只有壁中書及極少數金文等地下文獻出土，所以《說文解字》中只收錄了小篆及七百餘字的戰國古文、籀文。因為時代因素，有許多小篆訛變，使得許慎所解釋的本義未盡正確。到了清代，金石學家王懿榮在光緒二十五年（1899 年）從來自河南安陽的甲骨上發現了甲骨文。安陽城西北的小屯村，是商晚期國都遺址「殷墟」的所在地。而後清光緒二十九年（1903 年）劉鶚從他所收藏的五千餘片甲骨中精選 1058 片，編成《鐵雲藏龜》六冊，是第一部著錄甲骨文的專書。百餘年來，當地通過考古發掘及其他途徑出土的甲骨已超過十萬片。除此之外，其他各類地下文獻也不斷出土，擇其要者言，先後有商周甲骨、鼎彝、敦煌卷子、甘肅武威漢簡、山東銀雀山漢簡、湖南馬王堆西漢帛書、河北定縣漢簡、湖北郭店楚簡，及近年來出土的上博簡、清華簡。

　　民國六年（1917 年），王國維發表了第一篇甲骨文研究的學術論文〈殷卜辭中所見先公先王考〉。他利用甲骨文的實物資料證實了司馬遷《史記·殷本紀》中對商朝的記載，即自商湯建國到商紂滅亡，有三十一王，歷經六百多年；同時，王國維也更正了一些《史記》中的錯誤，如：〈殷本紀〉誤康丁為

庚丁、誤文丁爲大丁。可見新材料的發現，對學術研究是十分重要的事。民國十四年（1925 年）四月，王國維受聘於清華學校研究院，擔任經、史、小學等學科的導師，既講授有關課程，也指導學生研究。而當時學術界正展開「古史辨」的大論戰，王國維的看法與顧頡剛、錢玄同等疑古派學者不同，所以提出「二重證據法」來與疑古派抗衡〔註 1〕。

1925 年，王國維在《古史新證》第一章〈總論〉中正式提出二重證據法：

> 吾輩生於今日，幸於紙上之材料外更得地下之新材料。由此種材料，
> 我輩固得據以補正紙上之材料，亦得證明古書之某部分全爲實錄，
> 即百家不雅馴之言亦不無表示一面之事實。此二重證據法惟在今日
> 始得爲之〔註 2〕。

其實早在漢代，古文經書的出現，就曾對經學的發展及《說文》的成書產生深鉅的影響；晉代汲塚書的出土，導致史學的獨立；宋代鐘鼎、石刻的發現，也造成金石學的成立。近代甲骨文、鐘鼎文、敦煌寫卷、簡帛、石刻等各種地下文獻大量出土，可以與《說文》乃至古籍相互印證，彼此訂正、補充之處更是屢見不鮮。不僅可以地下文獻正《說文》字形之訛變、補《說文》字體之失收，訂《說文》說解之失當，更可以校《說文》傳本之異同、詳《說文》名物之形制。這也正是王國維二重證據法「既據史傳以考遺刻，復以遺刻還正史傳」之遺意。近代學者對這些方面已有十分可觀的成績，祇以範圍恢廓，難度亦高，迄未見有人加以全面而有體系地加以整理。因而本論文有意從事「二重證據法在說文器物研究上的運用」之探討，將焦點集中於器物方面，而對相關之校勘、辨僞、輯佚等方面亦不忽略，庶幾對語言文字學及文獻學之研究能稍盡棉薄。將來累積足夠的經驗，行有餘力，再繼續其他方面的研究。

第二節　研究範圍

出土的文物大多是原始資料，文獻則是傳述資料。在學術研究方面來說，

〔註 1〕葉國良，〈二重證據法的省思〉，《出土文研究方法論文集初稿》，台灣大學出版中心，2005 年，頁 2～3。

〔註 2〕王國維，《古史新證》，北京：清華大學出版社，1994 年 12 月，頁 2。

原始資料勝於傳述資料，但文物資料很多是沒有文字的，有文字的也只是簡略的記載，不如文獻來得完備，所以兩者須相輔相成，不可偏廢。本論文的研究範圍包括與《說文解字》禮樂器訓詁相關的古文物及古文獻。

一、《說文解字》禮樂器訓詁

《說文解字》為東漢許慎所撰，是文字學之經典，簡稱《說文》，首創部首編排的體例，並以六書理論分析字形以求本義，為中國最早、對後世影響最大的一部字典。《說文》收 9353 個正文，1163 個重文，上自天文，下至地理，其間生物、人事幾已網羅殆盡，是研究先秦兩漢語言文字學最重要的寶庫。對於研究上古時代的名物乃至於文化，也是十分有用的工具。

禮樂器是器物的一部分，器物是名物的一部分，在進行《說文》禮樂器研究時，首先應該弄清楚「名物」的定義，才能使本書的分類較為正確。在傳統訓詁學中，名物是與制度聯繫在一起的，受到歷代小學家的重視，如孔子曾要求學生「多識於鳥獸草木之名」。以《爾雅》為首的雅學著作也大多對名物有廣泛的介紹。明代馮復京《六家詩名物疏》、清代程瑤田《果臝轉語記》、近代劉師培《正名隅論》、楊樹達《積微居小學述林》等書，都涉及到名物一詞的定義，《辭海》、《中文大詞典》等也只是沿用唐・賈公彥的「名號物色」的說法〔註3〕，這些說法顯然過分簡略。

近代訓詁學日趨發達，訓詁學家常將訓詁對象分為普通語詞跟名物語詞，所謂名物，指天文、地理、動物、植物、宮室、冠服、衣飾、禮器、農器、兵器等專有名詞〔註4〕，名物訓詁在訓詁中佔了很大部分，如《爾雅》一書除了〈釋詁〉、〈釋言〉、〈釋訓〉三篇專收常用詞語，〈釋親〉專收社會關係名詞外，其餘篇章從〈釋宮〉、〈釋器〉以下至〈釋獸〉、〈釋畜〉等篇多與名物有關，名物訓詁的重要性可想而知。各種名物的種屬、形狀、顏色、數量、形制、大小、性別、性格、情感、聲音、質地材料、用途、產地、相關時間、所在……各方面往往不同〔註5〕。《說文解字》中的名物，也相當的多，《說文》

〔註3〕劉興均，《周禮名物詞研究》，成都：巴蜀書社，2001 年 5 月，頁 12～16。

〔註4〕程俊英、梁永昌，《應用訓詁學》，上海：華東師範大學出版社，1986 年 11 月，頁 119。

〔註5〕黃建中，《訓詁學教程》，武漢：荊楚書社，1988 年，頁 173。

的部首中有自然類的艸部、木部、金部，動物類的魚部、鳥部、牛部、羊部、蟲部、熊部、龍部、鼠部，交通工具類的車部、舟部，農作相關的米部、禾部、耒部、麥部，禮器類的玉部，服飾民俗類的衣部、巾部、糸部等，即可窺見一斑。

而天文、地理、動物、植物四個部分的地下文物或文獻，較為稀少，除了天文類的日晷、漏壺可以被納入雜物類探討，地理類的馬王堆漢墓中有〈長沙國南部地形〉地圖之外，古代動物、植物類因氣候變遷、生命有限等因素，早已無法留存於世上，其成為地下化石者，年代太久，只能當作考古學的研究對象。唯有器物方面，無論文物或文獻的資料都十分豐富，就二重證據法來說，論文題目如果以器物來規範，可能會比名物更為妥當。但器物的範圍仍然十分廣泛，材料分布也頗為參差，如果以其中的禮樂器為範圍，資料的蒐集可望較為完整，焦點也較易集中。所謂禮樂器者，包含禮器與樂器。

樂器以製作材料言，可分八音；禮器者，以飲食器、服飾為大宗，玉器附焉。凡是《說文》中的禮樂器在地下文獻中有資料可考者，可以運用二重證據法加以探討者，都是本論文的研究範圍。

二、地下文獻

近百年來，地不愛寶，地下文獻不斷出土，大大擴充了文史研究的材料。清末吳大澂、孫詒讓都已開研究風氣之先。1949 年以前，出土材料以甲骨文、金文、敦煌唐寫本紙卷為大宗，名家輩出，成績斐然，如羅振玉、董作賓、郭沫若、王國維，都是其中的佼佼者。在西元 1970 年以後，長沙馬王堆帛書（1972）、銀雀山漢簡（1972）、河北定縣八角廊漢簡（1973）、湖北雲夢睡虎地秦簡（1975）、湖北曾侯乙墓竹簡（1978）、江陵張家山簡（1983）、湖北郭店楚簡（1993）、上海博物館藏戰國楚竹書（1994）〔註6〕、清華大學校友捐贈的清華簡（2008），陸續重見天日，更是引起研究的熱潮。出土的地下文獻新材料對於古代的語言文字、傳統載籍、典章制度、器用服飾等，具有參照引用，糾補前修的作用，貢獻良多。

〔註6〕杜澤遜，《文獻學概要》，北京：中華書局，2001 年 9 月，頁 346～359。

三、地下文物

　　地下文物與地下文獻的區別在於，地下文獻有文字，地下文物並不一定要有文字的出現，可能只是禮器、樂器、兵器、農器、錢幣、日常用品而已。如：馬王堆漢墓中，出土三千多件珍貴文物和一具保存完好的女屍，另有大量陪葬用漆器，如杯、盤、化妝盒等日常用品，以及一幅精美的 T 型帛畫，這些文物雖然沒有文字，但提供了許多具體的實物，對於名物訓詁的研究當然也有極高的價值。

　　本論文的研究範圍就是《說文解字》禮樂器訓詁與古文字或古文物相疊合的部分，以下即以附圖斜線部分來表示：

圖 1　本論文研究範圍

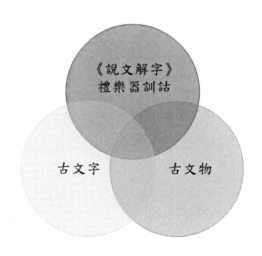

第三節　文獻檢討

　　本研究計畫之使用文獻，預計從兩方面著手，一是《說文解字》中的古代禮樂器，另一則是二重證據法之應用的相關論文。以下將以專書、學位論文及單篇論文分類：

一、相關題材之研究文獻

（一）專　書

　　相關題材的專書不下三、四十種，羅列於參考書目之中，如：季旭昇《說文新證》結合出土文獻和古文字研究成果對《說文》「六書」作解釋，以工具

書的方式呈現小篆、甲骨文、金文等材料，反映漢字字形的演進，並對其中謬誤給予更正，使讀者非常方便去查閱。王子初《中國音樂考古學》，專門以音樂考古爲研究對象。王永紅、陳成軍《古器物鑑賞》對於古典文學中常見的器物有精彩的介紹，同時也附上古器物的圖片。孫機的《漢代物質文化資料圖說》（增訂本），是 2011 年出版的新書，內容包含漢代的各種畫像磚、實物等，內容面象十分廣泛但不詳細。北京的文物出版社出版了一系列的《兩周考古》、《曾侯乙墓》、《古代玉器》、《殷墟》等叢書，對於研究古代器物之形制也相當有幫助，繁多不及備載。以下列出與本研究計畫最爲相關的五本專書進行文獻檢討。

（1）《詩經器物考釋》（陳師溫菊），台北：文津出版社，2001 年 8 月。

《詩經》所見名物繁多，其書就兩百餘件器物逐一考釋，並分類爲禮樂器、服飾器、車馬器、兵器、日用雜器，針對各器物形制、材料、紋飾、演進歷史等內容約略介紹。大量參酌現代考古研究專刊及考古專著，主要以《詩經》相關之出土實物資料進行驗證及補充，提供詩文更詳盡的解釋。但因是以《詩經》爲主體，故內容大多以詞彙爲優先考量，若以《說文》爲主體，內容便以單字爲優先考量，方向並不相同。

（2）《溯本求源話中華萬物》（張輔元），北京：九州出版社，2009 年 1 月。

此書的作者曾任《朝陽日報》主任編輯，對中華文化有相關的研究。此書爲探究中華民族有代表性物品之起源，舉了不少古文原典，也有部分地下文物之圖片，但介紹十分廣泛，適合一般讀者閱讀，分類稍嫌雜亂。

（3）《漢字形義與器物文化》（朱英貴），北京：人民出版社，2009 年 9 月。

緒論探討漢字形義與器物文化之聯繫，後面章節分別探討民生用具中的斤斧類、網羅類、耒耜類、車輦類、舟航類、酒具類、炊具類、容具類、盛具類、皀具類，及冠巾服飾、禮樂書畫、軍旅刑罰中的漢字字形字義。這樣的分類在同類書籍中，顯得十分細膩。在每字的探討中除了成語及典故外，也解讀甲骨、金文及小篆的字形，並從造字本義到字義的演變都有詳細的說明，可惜並沒有引用近代出土文獻的研究成果來印證其說。

（4）《漢字與上古文化》（李景生），北京：中國社會科學出版社，2009 年 11 月。

在前人學術研究成果的基礎上，主要以甲骨文、金文等古文字材料和歷代典籍語料爲依據，全面、系統地從文化的角度觀察漢字。特別是通過甲骨文、金文等漢字群本身各異的組合構建，參照訓詁學、文獻學、考古學、民俗學等學科的研究成果，對一系列包括物質文化及精神文化的漢字結構部件的構成進行研究和文化解讀。粗略地勾勒中國上古傳統文化的整體概貌，以探尋漢民族的文化本源。其序中說到：「漢字蘊含的文化比文獻的歷史記載更具特有的說服力，具有透視歷史文化的不可替代性。當然，研究歷史文化還可借助考古發掘，如骨器、陶器、銅器、玉器、兵器等，但這些文物又不可能代表當時社會生活中的全貌。〔註7〕」故其參考書目大多運用民國以前之古籍材料及甲金文，對於現代出土文獻並無使用，有些可惜。

（5）《說文解字》與民俗文化研究（黃宇鴻），桂林：廣西師範大學，2010年10月。

該書是一部運用最新的漢字構形學理論來進行漢字民俗學研究的溯源式著作。全書共有 9 章，具體內容包括物質民俗、精神民俗、社會民俗、禮儀民俗、生產民俗等。該書具有綜合性、系統性。全書綜合吸取了語言學、漢字學、人類學、民族學、歷史學、民俗學和系統論、信息論等多學科知識，運用了歷史考據法、結構分析法、經籍互證法、貫通系聯法等各種相關的方法，分類考察了《說文解字》中漢字字群中蘊含的種種民俗文化現象，多側面爲古代民俗史的研究提供有價值的資料，挖掘華夏先民民俗文化特徵，系統梳理中國古代民俗文化發展的基本線索，展示了華夏先民民俗形成的文化心理和歷史發展規律。

（二）學位論文

台灣地區，目前關於《說文解字》的碩博士學位論文共有 112 本（截至2012/8/5），與名物相關者共有下列四篇。

（1）《〈說文解字〉食、衣、住、行之研究》（徐再仙），國立政治大學中國文學研究所碩士論文，1992 年。

論述中國先秦至東漢之飲食、服飾、居住及交通四方面的文字，並予以分類，以段注爲底本，參以徐灝《說文解字注箋》、丁福保《說文解字詁林》、

〔註7〕 李景生，《漢字與上古文化》（北京：中國社會科學出版社，2009 年 11 月），頁 2～3。

《爾雅》、《釋名》等相關史料，以申其義。先論部首，再探相關各從屬字初形，以求索其演變。

（2）《〈爾雅〉與〈說文〉名物詞比較研究──以器用類、植物類、動物類為例》（賴雁蓉），國立中正大學中國文學所碩士論文，2007年。

對於《爾雅》與《說文》的取材角度、編輯體例、語言文字學、科技史乃至文化方面，均有詳加對照來觀察二書優劣、異同的必要，可惜自古以來的研究多側重在兩者個別的校勘、補正、音訓、考釋、體例等方面的工作，很少將兩者加以比較，該論文即以《爾雅》與《說文》器用類、植物類、動物類為例來進行比較，探討《爾雅》與《說文》在語言、自然科學、文化等方面的對應關係。

（3）《郝懿行〈爾雅義疏〉及其宮器二釋研究──文化闡析為觀察重點》（古佳峻），淡江大學中國文學系碩士班碩士論文，2007年。

該論文以郝懿行《爾雅義疏》、與其中〈釋宮〉、〈釋器〉二篇為範疇，進行語言文化學的分析與考察。前半部重點在探討郝懿行學術、《爾雅義疏》的價值。後半部分則進行〈釋宮〉與〈釋器〉二篇的文化學觀察，推崇郝疏通貫古今，而能連結千年前的人類文明，又以清代時期的生活經驗進行探討，引用同時期學者之研究為論述，故能呈現郝氏治學之嚴謹。該文專以「宮文化」與「器文化」二單元為觀察重點，對於宮與器兩方面有深入的觀察。

（4）《從《說文解字》中探析古代農牧漁獵》（蔡欣恬），國立中央大學中國文學所碩士論文，2009年。

探求《說文解字》中所反映出的中國古代農牧漁獵活動概況。由於漢字的特殊性，中國古代文化內涵往往能與古文字相互參照，而身為中國第一部字典的《說文解字》，則涵蓋了漢代與漢代之前人民生活的各個樣貌，是研究古代文化相當重要的材料之一。該論文以《說文解字》小篆為研究中心，兼採甲骨文、金文的形構與說解，還舉出古代典籍的相關記載以及近代考古挖掘成果，並補充文化學研究，以及民族學資料，分析以上各面向的資料，以較為客觀的角度與態度，對於古代人們的生產活動漁獵、畜牧、農業等，做一較為全面而完整的研究。

二、相關方法之研究文獻

目前關鍵詞中有二重證據法的碩博士學位論文共有 3 本（截至 2012/8/5），分別是陳文采的《清末民初《詩經》學史論》、林翠鳳《王國維對商周古史之研究》、邱德修《商周禮制中鼎之研究》。關於二重證據法，大多運用在古文字、古文物的印證，應用方法時賢已揭示操作之法，猶待後進實際操作。

專書方面，在汪啓明的《考據學論稿》中，有近百頁在討論二重證據法，第一節從概說、二重證據法的新材料有哪一些，將二重證據法分為廣義及狹義兩部分。第二節申論二重證據法不始於王國維，相當具有啓發性，但王國維對二重證據法的提倡確實功不可沒。第三節討論二重證據法的起源，一方面是唐代之前新材料的發現與整理，此書中條列出部分出土文獻及資料。另一方面是宋代之後新材料的發現與整理，由於此書出版日期是 2010 年，所以所搜羅的材料也是以 2010 年為分野。第四節是從二重證據法的濫觴與發展證明不始於王國維。

（一）單篇論文

（1）〈二重證據〉，《理選樓論學稿》（于大成），台北：學生書局，1979 年
　　　6 月，頁 501〜561。

此篇論文論及王國維先生的二重證據法在古書研究上，有十二種成效，頗為具體而宏觀。

（2）〈二重證據法的省思〉，（葉國良），《出土文獻研究方法論文集初稿》，
　　　台灣大學出版中心，2005 年，頁 1〜18。

對二重證據法說法的形成，有詳細的介紹，對其淵源也有所補充，甚至將學界對於王國維的二重證據法的幾種誤解也都一一釐清。最後舉例說明如何使用二重證據法的操作。他認為，二重證據法的研究方法，理論上是十分周延，而且具有清楚的操作程序，研究範圍也富普遍性，正是它經得起考驗的理由。

（3）〈二重證據法在簡牘學研究中的應用〉（邰朋飛），《許昌學院學報》，
　　　第 28 卷第 1 期，2009 年第 1 期，頁 97〜100。

簡牘學是 20 世紀形成的一門新興學科，本論文分為理論構建與實踐考證兩方面探討二重證據法在簡牘學研究中的應用及其侷限。

（4）〈近年來出土戰國文字對說文研究的價值〉（季旭昇），《國科會中文學

門小學類 92～97 研究成果發表會論文集》，頁 181～192，台北：國立
台灣師範大學文學院國文學系，2011 年 4 月。

二十世紀，戰國文字陸續出土，尤其以楚文字的數量最爲驚人。對於研究
《說文解字》提供了極大的助益。此文分成五點來談近年出土的戰國文字對於
研究《說文解字》的幫助。（1）釐清初形本義。（2）確認戰國新生字。（3）認
識《說文》失收字。（4）證明大徐本《說文》正確，而段玉裁誤改。（5）結語。
對於探討戰國文字的價值具有指導的效果。

（5）〈論二重證據法在爾雅研究上之運用〉，（莊雅州先生），《國科會中文
學門小學類 92～97 研究成果發表會論文集》，頁 275～296，台北：國
立台灣師範大學文學院國文學系，2011 年 4 月。

探討二重證據法在《爾雅》研究上之運用。除前言、結論外，主體分爲
四節：（1）斠傳本之異同：如敦煌唐寫本《爾雅》殘卷可斠《爾雅》傳本之
訛誤衍奪。（2）證古說之可信：如甲骨文可證〈釋天〉「商曰祀」、「商曰肜」
之可信。（3）存典制之異說：如曾侯乙墓青龍白虎二十八宿圖與〈釋天〉二
十八宿名稱之異同，楚帛書十二月名與《爾雅》之異同。（4）詳名物之形制：
如出土青銅器之鐘鼎彝卣、玉器之圭璋璧瑗爲數甚多，可補《爾雅・釋器》
形制解說之不足。

（6）〈吳其昌古文字研究與二重證據法〉，（陳榮軍），《常熟理工學院學報》，
2011 年 11 期，頁 95～98

吳其昌師從王國維和梁啓超，研究甲骨、金文和古史學、文化學術和宋
史，他在甲金文的研究中，主要運用了王國維的二重證據法。此篇文章中粗
略的爬疏了王國維的二重證據法及吳其昌對於二重證據法的理論傳承與發
展，引用了吳其昌著作中的一些段落，說明王國維的二重證據法對其有很深
的影響，而吳其昌在學術上面，也使用了二重證據法爲依據，如《卜辭所見
先公先王三續考》、《駁郭鼎堂先生毛公鼎之年代》。

（7）〈從「二重證據法」說開去——漫談歷史研究與實物、文獻、調查和
實驗的結合〉，（寧可），《文史哲》2011 年 06 期，頁 68～76

此篇論文探討考古實物、文獻、現實調察三者結合成三重證據法是一個
複雜的問題，可能會促進我們對歷史認識的深化和具體化，但也可能誤導我
們的歷史認識。文中除了舉中國歷史上的例子外，也以希臘、羅馬、維京人

等西方古文明爲例。傳統的研究多依賴於文字史料。除此以外，出土實物、實地調查皆可與文字史料相參證；還可採取實驗的手段，在某種程度上重新演繹歷史活動。

第四節　研究方法

一、二重證據法簡介

（一）二重證據法的提出

王國維在《古史新證》裡談到其治學方法：

> 吾輩生於今日，幸於紙上之材料外更得地下之新材料。由此種材料，我輩固得據以補正紙上之材料，亦得證明古書之某部分全爲實錄，即百家不雅馴之言亦不無表示一面之事實。此二重證據法惟在今日始得爲之〔註8〕。

二重證據法即爲「紙上材料」及「地下新材料」的交叉運用。他所取之出土材料是和同期（或時代最相近）紙上材料作比較，可說是共時性。與疑古派學者最明顯的差異在顧頡剛、錢玄同等所用的是早期的材料與晚期的材料做比較，是歷時性的〔註9〕。所以本論文的古文物及古文字的取材界定於《說文》成書前，也就是東漢以前的文物與文獻。中國幾千年來傳世的典籍，由於材料的不足、見解的偏差、傳寫的訛誤、蓄意的篡改等原因，導致偏離史實之處屢見不鮮。幸有二重證據法，得到地下出土器物及文字的協助，可考求傳世典籍的眞實面貌，這是考古學、歷史學、甲骨學、簡牘學、敦煌學等對於學術研究的重大貢獻。

（二）二重證據法的修改

王國維在民國十四年提出「二重證據法」後，由於末句的「此二重證據法惟在今日始得爲之。」易滋生誤會，所以他在次年發表〈宋代之金石學〉〔註10〕

〔註8〕王國維，《古史新證》，北京：清華大學出版社，1994 年 12 月，頁 2。

〔註9〕葉國良，〈二重證據法的省思〉，《出土文獻研究方法論文集初稿》，台北：台灣大學出版中心，2005 年，頁 2～3。

〔註10〕王國維：〈古史新證〉、〈宋代之金石學〉，《王觀堂先生全集》（臺北：文華出版公司，1968 年），第 6 冊頁 2078、第 5 冊頁 1933。

（北京歷史學會演說稿）一文，文中盛稱宋人之成就，並謂「近代金石之學復興，然於著錄考訂，皆本宋人成法。」指出近代出土材料的研究方法實承襲宋人。又提出「既據史傳以考遺刻，復以遺刻還正史傳。」二語，以概括宋代研究石刻的具體方法。頗有補充前說之意味。可惜王氏在隔年便自沉昆明湖〔註11〕。

汪啓明在《考據學論稿》中有百頁詳考二重證據法自漢代以來的運用，說明二重證據法自古以來便一直使用著，但確切的口號，是由王國維所提出，而更被廣泛使用。

（三）二重證據法的成效

于大成在《理選樓論學稿》中提到，二重證據法的十二種優點。一曰：證古史之可信也。二曰正載籍之譌謬也。三曰斠傳本之誤文也。四曰補舊史之闕漏也。五曰辨傳聞之誣枉也。六曰辨作品之眞僞也。七曰考古書之時代也。八曰覈篇卷之異同也。九曰考古書形式也。十曰得故書之眞解也。十一曰輯故書之佚文也。十二曰明文字之源流也〔註12〕。所說頗爲宏觀，足以顯示二重證據法作用寬廣。

（四）二重證據法的局限

邰朋飛在〈二重證據法在簡牘學研究中的應用〉中提出了王國維的二重證據法在簡牘學中應用的局限：

1、紙上之材料的全面性和準確性，不能一味的將《二十四史》中的記載都理解爲事實，要有一種懷疑的態度在裡面，這是運用二重證據法的首要條件。正如王國維所言將古書分爲「可證明者和未得證明者」，其未得證明者乃是二重證據法可以發揮之處。

2、地下之材料的眞僞性和年代的斷定。在對待出土文物（這裡尤指簡牘）時，不能憑藉先驗主義主觀臆斷其年代和眞僞，這是運用二重證據法中相當重要的必要條件。

〔註11〕葉國良，〈二重證據法的省思〉，《出土文獻研究方法論文集初稿》，台灣大學出版中心，2005年，頁6。

〔註12〕于大成，〈二重證據〉，《理選樓論學稿》，台北：學生書局，1979年6月，頁501～561。

　　3、二者結合不能隨意的簡單比附。即紙上之材料和地下之文物要進行細緻入微的調查考證，旁徵博引才能得出真實的結果。〔註13〕

　　此局限同時也可以擴及各種出土文物的學問上。

（五）後人對二重證據法的增補

　　學界也有部分學者對於二重證據法提出增補，如陳寅恪曾經概括二重證據法在二十世紀初的發展：「一曰取地下之實物與紙上之遺文互相釋證」；「二曰取異族之故書與吾國之舊籍互相補正」；「三曰取外來之觀念，以固有之材料互相參證」。〔註14〕

　　有些學者甚至提出三重證據法的新名詞，如：饒宗頤的三重證據法是在二重證據法的基礎上，將考古材料又分為兩部分——考古資料和古文字資料。三重證據便是有字的考古資料、沒字的考古資料和史書上之材料。李學勤對此「三重證據法」十分認同。

　　而葉舒憲的三重證據法則是在二重證據法的基礎上，再加上文化人類學的資料與方法的運用。也就是考據學、甲骨學和人類學互相溝通結合的結果。可見同樣是三重證據法，也是有不同的看法。

二、二重證據法的運用

　　許慎《說文解字》中，收了許多古文，這些古文，就是從當時出土的孔子壁中書中採錄。可見早在漢代，甚至是更早的時代，學者便懂得收集各種出土材料來使用。而使用古器物來糾正經說，也在南朝《梁書・劉杳傳》（卷五十）中記載：

> 杳少好學，博綜羣書，沈約、任昉以下，每有遺忘，皆訪問焉。嘗
> 於約坐語及宗廟犧樽，約云：「鄭玄答張逸，謂為畫鳳皇尾娑娑然。
> 今無復此器，則不依古。」杳曰：「此言未必可按。古者樽彝，皆刻
> 木為鳥獸，鑿頂及背，以出內酒。頃魏世魯郡地中得齊大夫子尾送
> 女器，有犧樽作犧牛形；晉永嘉賊曹嶷於青州發齊景公冢，又得此

〔註13〕邱朋飛，〈二重證據法在簡牘學研究中的應用〉，《許昌學院學報》，第 28 卷第 1 期，2009 年第 1 期，頁 97～100。

〔註14〕陳寅恪，〈王靜安先生遺書序〉，《金明館叢稿二編》，頁 247～248。

二樽，形亦爲牛象。二處皆古之遺器，知非虛也。」約大以爲然。

約又云：「何承天纂文奇博，其書載張仲師及長頸王事，此何出？」

杏曰：「仲師長尺二寸，唯出論衡。長頸毗騫王，朱建安《扶南以南記》云：古來至今不死。」約即取二書尋檢，一如言。約郊居宅時新構閣齋，杏爲贊二首，并以所撰文章呈約，約即命工書人題其贊于壁〔註15〕。

利用出土器物，糾正了鄭玄的臆說。到了宋代，收錄金石等物，著成專書，成了一時的風氣。如歐陽修著的《集古錄》、李清照的丈夫趙明誠著的《金石錄》等都是名著。清代，蒐集、研究古物的風氣復興，成果更是豐碩，到了現代，隨著挖掘到的古物越來越多，運用範圍也越來越廣〔註16〕，以下將本論文所用到的方法列出。

（一）辨真偽法

由於二重證據法用的是地下出土材料，王國維認爲二重證據法的具體操作方法爲「既據史傳以考遺刻，復以遺刻還正史傳。」要判斷地下材料是否爲眞品後，乃能利用地下材料補正紙上材料的闕漏。如甲骨、鐘鼎中僞造的就不可取用。

（二）考名實法

先秦諸子的語言觀核心是「正名」、「辨名實」，而進一步辯別名實之混淆，可以發現主要表現在：（1）同名異實：同一個名稱，所指的對象卻有所不同，少則二物，多則數物，此爲多義詞的一種。（2）異名同實：不同的名稱，所指的對象卻是相同的，少則二名，多則數名，此爲同義詞的一種（3）共名專名相混：事物的大類叫做共名（或總名），從大類分出的小類或個別事物的名稱叫作專名（或別名），二者所指範圍本有大小之分，卻會有相混的現象。〔註17〕名物

〔註15〕《梁書‧列傳‧劉杳傳》，台北：藝文印書館，二十五史本，1955 年，頁 351。

〔註16〕屈萬里，〈文物資料與圖書資料的相互關係〉，《國學方法論文集》（吳福助編）（臺北，文史哲出版社，1984 年），頁 111〜113。

〔註17〕莊雅州先生，〈論考釋《爾雅》草木蟲魚鳥獸之方法〉，《東亞傳世漢籍文獻譯解方法初探》（鄭吉雄、張寶三編），上海：華東師範大學出版社，2008 年 5 月，頁 97〜100。

學就是對物之名稱和物之實體進行對照查考，弄清歷史等諸多書籍裡所出現的禽獸草木及其他物品的名與實〔註18〕。諸如此類都要仔細釐清。

（三）較同異法

傳統校勘學首重選取底本。研究紙上材料的某一問題而取地下材料加以補正時，自然宜以條件較佳的紙上材料為底本。如王國維研究殷代先公先王，以《史記・殷本紀》為底本，《史記・三代世表》、《漢書・古今人表》為輔，而匯集眾多甲骨文材料進行考證。〔註19〕如磬字，許慎解為樂石，段玉裁解為石樂，以地下實物觀之，皆可通。

（四）定時地法

由於本文以東漢許慎的《說文解字》為紙上材料，版本以清代段玉裁的《說文解字注》為主，南唐徐鍇《說文解字繫傳》、宋代徐鉉《說文解字》為輔，而出土材料的時間限於東漢以前。地下材料要與紙上材料記述的時代相同或相近，且越接近可信度越高。

（五）統科際法

地下出土的文物與文獻，時代綿邈，解讀匪易，辨識便需要文字學、聲韻學、訓詁學、考古學、古器物學、經學、古史學等方面的知識〔註20〕。如果能運用目錄、版本、文物學、文獻學、語言文字學等學科的科際整合，更能發揮二重證據法的功用。如爵字，其命名源由來自雀，雀、爵古音相通，又從古書可證其常替代使用。

本論文擬利用出土資料正小篆、古文、籀文之形譌，也可糾正《說文》釋形、釋義之誤。有時古籍未曾記載，但出土文獻有所紀錄，自然可以補其缺漏。或是另一種情形，出土資料與書本資料不同，但兩者皆是，也可以相互補充。地下材料與紙上材料有差異時，自然應該解釋。而且希望做出正確的解釋，至

〔註18〕日・青木正兒著，范建明譯，《中華名物考（外一種）》，北京：中華書局，2005年，頁8。

〔註19〕葉國良，〈二重證據法的省思〉，《出土文獻研究方法論文集初稿》，台灣大學出版中心，2005年，頁14。

〔註20〕周法高，〈地下資料與書本資料的參互研究〉，《國學方法論文集》，吳福助編，臺北，文史哲出版社，1984年，頁140～141。

於難以解釋的部分則應闕疑不論，而闕文也不應輕補，應以謹慎的態度做學問，或留待後世新出地下材料來檢視紙上材料的正確性。

第貳章　《說文》飲食禮器考釋

古代的飲食器數量及習慣大多為古代禮制的一部分，上古時代由於照明困難，古人只能「日出而作，日入而息」，一日只能吃二餐。一般百姓的照明及飲食都較不方便，故漢字及古籍所記錄的飲食器與飲食習慣應是王公貴族所享有的制度。禮器，是禮的物質形態〔註1〕。吳十洲認為：

> 禮器，從縱的關係來看，它產生於自發的祭祀用器與權力象徵物，
> 到了一定時期，轉化為人為的成組的表示不同等級的「禮」用之器；
> 從橫的關係來看，禮器是崇神祭祖，表徵政治權利的媒介之物。
> ……人類學家拉德爾德曾指出，除原始社會外，任何一個社會的文
> 化都有「大傳統」和「小傳統」兩重層面。作為「大傳統」應體現
> 在國家和貴族形式中；而作為「小傳統」則體現在民間世俗化的形
> 式中〔註2〕。

本章主要內容依古代飲食習慣，分為酒器、水器與食器三個部分，本節共考釋之飲食禮器共三十字。

〔註1〕吳十洲，《兩周禮器制度研究》（台北：五南圖書出版公司，2004 年 7 月），頁 26。
〔註2〕吳十洲，《兩周禮器制度研究》，頁 25。

第一節　酒　器

古代典禮繁多，飲酒是不可少的項目，據考古發現，新石器時期良渚文化、半坡文化便有陶質酒器〔註3〕的發現，這表示早在新石器時代，就已有釀酒的技術。到了殷商時期的青銅酒器出土數目更是不少。青銅觚、爵二器是青銅禮器中隨葬最多的酒器，有學者研究認為，有商一代重酒風習之下，貴族身分地位高下與握有青銅酒禮器數量組合之間成正比關係〔註4〕。酒器的出現，正是人類歷史發展到一個階段所產生的現象，由於釀酒的首要條件是人們糧食充足，有多餘的糧食來釀造酒，故可見得人們一定的生活水準。而酒是拿來當作敬天的表現，政治上的使用，生活上的娛樂，所延展出來飲酒的禮節文化更是豐富。在《說文》中的酒器大致可分為三種：盛酒器、調酒器跟飲酒器。

一、盛酒器

盛酒器的部分，《說文》主要有壺、櫑（罍）、尊、彝、缶五字。

（一）壺

甲骨文	甲骨文	金文	金文
前 5.5.5	庫 203	魯侯壺	伯姞壺
金文	睡虎地秦簡	陶文	小篆
函皇父簋	秦 47	3.836 祭壺	頁 500

《說文》段注：「壺，昆吾圜器也。缶部曰：『古者昆吾作匋。』壺者、昆吾始為之。《聘禮》注曰：『壺，酒尊也。』《公羊傳》注曰：『壺，禮器。腹方口圓曰壺，反之曰方壺。有爵飾。』又《喪大記》

〔註3〕如上海博物館藏的「新石器時期良渚文化袋足陶鬹」、中國歷史博物管藏「新石器時代半坡文化船形彩陶壺」等。

〔註4〕胡洪琼，〈略論殷商時期的酒器〉，《農業考古》，2012 年 4 期，頁 174。

「狄人出壺。」《大小戴記》『投壺』皆壺之屬也。象形。謂𣎆。从大，象其蓋也。奄下曰：『蓋也，大有餘也。』戶姑切，五部。凡壺之屬，皆从壺。」（頁 500）

1、字形說明

《甲骨文編》收錄了許多壺的象形文字，如𤳉〔註 5〕（前五・五・五），象壺上有蓋子，旁邊有兩耳，如葫蘆一般而得名，有的甲骨文壺字上甚至有網狀紋作裝飾，如𤳉（庫二〇三）。金文則出現三種形體：象其形的〈魯侯壺〉𤳉，也有从殳的〈伯戔壺〉作𤳉，或表其質地的〈函皇父簋〉从金作𤳉〔註 6〕。另外，獨體象形者還有睡虎地秦簡作𤳉及陶文作𤳉。小篆作𤳉，可見其為甲骨文時代就出現的器物。

壺字，甲骨文、金文的部分字形、陶文、睡虎地秦簡乃至小篆，大多呈獨體象形。蔡信發先生認為《說文》云：「象形。从大，象其蓋也。」是誤以獨體象形為合體象形，其句「从大，象其蓋也。」之句，當作「大，象其蓋也。」〔註 7〕

2、器物形制

壺，《說文》云：「昆吾圜器也。」相傳是夏的同盟部落──昆吾族制造出來用來盛放糧食、水、酒等的器皿，到了周代成為朝廷宗廟的禮器之一。《禮記・禮器》云：「宗廟之祭，貴者獻以爵，賤者獻以散，尊者舉觶，卑者舉角；五獻之尊，門外缶，門內壺，君尊瓦甒。此以小為貴也。」〔註 8〕又《周禮・秋官司寇》提到諸侯之禮為壺四十、侯伯之禮為三十二壺，子男為二十四壺〔註 9〕，周代之禮，禮器多寡，按階層區分不能有誤。壺的作用與罍相同，可以用來盛酒和盛水。到了漢代，馬王堆一號墓中遣策中云：「緐畫壺二，皆有

〔註 5〕中國科學院考古研究所編，《甲骨文編》（北京：中華書局，1965 年），頁 423。

〔註 6〕容庚，《金文編》，（北京：中華書局，1985 年），頁 701。

〔註 7〕蔡信發，《六書釋例》（台北：台灣學生書局，2009 年），頁 76。

〔註 8〕漢・鄭玄注，唐・孔穎達等正義，《禮記正義》（北京：北京大學出版社，2000 年 12 月），頁 850。

〔註 9〕漢・鄭玄注，唐・賈公彥疏，《周禮注疏》（北京：北京大學出版社，2000 年 12 月），頁 1213～1229。

蓋，盛米酒。」又於洛陽燒溝漢墓出土的陶壺中，有相當一部分用於盛糧食，滿城1、2號墓出土的陶壺中則有動物骨骼，可見於壺也用於盛其它食物〔註10〕。

除盛物之用，壺於《周禮·夏官司馬·挈壺氏》：「凡軍事，縣壺以序聚欙。凡喪，縣壺以代哭者。皆以水火守之，分以日夜。」〔註11〕及《禮記·喪大記》：「狄人出壺。」注云：「壺，漏水之器也。」〔註12〕兩處提到也有另一個作用，就是作盛水滴漏之計時器。

壺的形制，承襲青銅器時代而來，形體多為圓腹、長頸、圈足、貫耳、有蓋，或為橢圓細頸形，西周後期的貫耳漸少，獸耳銜環或雙耳作獸形的居多（如圖 1-1.2），間有無耳，或腹大頸粗者，也有形體方長的方壺出現。春秋之後，工藝技術大幅精進，早期壺蓋多作蓮瓣形，至晚期則多無蓋，耳作蹲獸或獸面銜環，可見其作為禮器的威嚴性。壺形分類，可分為圓壺、方壺及扁壺三類。材質有陶有銅，展現了多樣性。壺的使用經過時間的粹鍊，形制多變，用途更廣，不僅沒有被淘汰，還一直流傳至今。

圖 2-1.1　殷商時期·湖南出土新寧飛仙橋瓠壺〔註13〕

〔註10〕孫機，《漢代物質文化資料圖說》（增訂本）（上海古籍出版社，2011 年 8 月），頁366～368。

〔註11〕漢·鄭玄注，唐·賈公彥疏，《周禮注疏》，頁 943～944。

〔註12〕漢·鄭玄注，唐·孔穎達等正義，《禮記正義》，頁 1453。

〔註13〕湖南省博物館，《湖南出土殷商西周青銅器》（長沙：岳麓書社，2007 年 10 月），彩版十五。

圖 2-1.2　燕國・朱繪獸耳陶壺〔註14〕

圖 2-1.3　春秋・嵌赤銅狩獵紋壺，河北唐山賈各莊出土〔註15〕

圖 2-1.4　曾侯乙墓聯座壺〔註16〕

〔註14〕中國國家圖書館編，《文物春秋戰國史》（北京：中華書局，2009年），頁64。

〔註15〕中國國家圖書館編，《文物春秋戰國史》，頁61。

〔註16〕湖北省博物館編，《隨縣曾侯乙墓》（北京：文物出版社，1980年），圖版五十三。

（二）欙（罍）

金文	金文	金文	金文	小篆	小篆	籀文
（字形）	（字形）	（字形）	（字形）	（字形）	（字形）	（字形）
父乙欙	邳伯罍	且甲罍	圅皇父盤	頁 263	頁 264	頁 264

《說文》段注：「欙欙，龜目酒尊。《五經異義》：『《韓詩》說：金罍，大器也。天子以玉，諸侯大夫以金，士以梓。古《毛詩》說：金罍，酒器也。諸臣之所酢。人君以黃金飾，尊大一碩，金飾龜目，蓋刻爲雲罍之象。許君曰：謹案《韓詩》說，天子以玉，經無明文。謂之罍者、取象雲罍博施，故從人君下及諸臣同。』按，《異義》從古《毛》說，《說文》同也。故云『龜目酒尊、刻本爲雲罍象。』《爾雅》：『彝、卣、罍，器也。小罍謂之坎。』然則欙有小大。《燕禮》『罍水在東』，則罍亦以盛水。**刻木作雲罍象，句。象施不窮也。從木。從晶。晶亦聲。**此五字，今補正。刻木至從晶、此述古《毛》說，說從木從晶之意也。刻爲龜目，又通體刻爲雲罍。古之刻雲，如古文之（字形）。刻罍，如古文之（字形）。所以刻爲雲罍者，以雲罍施澤不窮，人君之欙，爲諸臣取酒自酢者，故象之也。晶者，罍之省。凡許言晶聲，皆罍省聲也。魯回切。十五部。罍，欙或從缶。蓋始以木、後以匋。罍，欙或從皿。罍，籀文欙。從缶同。猶籀文罍作罍也。《漢書·文三王傳》，孝王有罍尊，如此作。」（頁263）

1、字形說明

漢語詞義的屬性經常不是單一的，從不同的角度去反映，就可歸屬於不同意義範疇。如：同是器具，或從皿、瓦、缶，或從艸、木、石、金，這一方面豐富了文字的表義功能，但另一方面，表義字素可東可西，也增加了一字異體的複雜性。《說文》云：「刻木作雲罍象。象施不窮也。」段注云：「晶者，罍之省。凡許言晶聲，皆罍省聲也。」許氏於罍字下云：「從雨，晶象回轉形。」（頁577）故可知欙爲刻有雲雷形狀之酒尊。

欙字《金文編》收錄四種字體，有不從木之晶（字形）（父乙欙）、从缶之罍（字形）

（邾伯罍），從皿之 （且甲罍），及從金的 〔註17〕（函皇父盤）。《說文》小篆作 ，重文從皿作 ，另有籀文 ，從缶、同的 。

2、器物形制

罍又作 或罍，爲龜目酒尊，可作盛酒的禮器或盛水的容器，本爲生活器具，可用來作爲禮器，從缶或從木是指其材質，從皿象徵其作用。罍原先有陶或木的材質，到了商周時期也有銅罍的出現，只是銅罍爲貴族所使用，數量不多。有方形，也有圓形，方形罍一般爲商代器，如圖一商代婦好墓出土的有蓋方罍，而圓形罍在商代和西周都有，流行至春秋中期，有無環（圖2-2.2）及銜環（圖2-2.3）之別。又如圖二有饕餮紋是當時所流行，風格神秘莊嚴。後漸與壺形似，到春秋戰國時其形制產生變化，頸部縮短，腹部鼓起，顯得較爲矮胖。到漢代依舊有罍的存在，如滿城一號墓出土銅罍〔註18〕。

《周禮・春官宗伯・鬯人》：「掌共秬鬯而飾之。凡祭祀，社壝用大罍，禜門用瓢齎，廟用修。」〔註19〕《爾雅・釋器》：「彝，卣，罍，器也。」〔註20〕郭注云：「罍形似壺，大者受一斛。」卣，罍皆爲盛酒之尊，彝爲其總名，以其可以爲法，故稱之爲彝。

圖 2-2.1　商代婦好墓帶蓋方罍〔註21〕

〔註17〕容庚，《金文編》，頁398。

〔註18〕孫機，《漢代物質文化資料圖說》（增訂本），頁368。

〔註19〕漢・鄭玄注，唐・賈公彥疏，《周禮注疏》，頁601。

〔註20〕晉・郭璞注，宋・邢昺疏，《爾雅注疏》，頁155。

〔註21〕中國社會科學院考古研究所編，《殷墟婦好墓》，圖版32。

圖 2-2.2　西周後期饕餮紋罍〔註22〕

圖 2-2.3　西周後期御史罍〔註23〕

（三）尊

甲骨文	甲骨文	金文	金文	金文	金文
鐵 27.1	佚 413	作父辛方鼎	過伯簋	呂王簋	仲姜簋〔註24〕

陶文	睡虎地秦簡	古璽文	古璽文	小篆	或體
4.82	日甲六七背	1486〔註25〕	1596	頁 759	从寸，頁 759

〔註22〕容庚，《商周彝器通考》（台北：大通書局，1973 年），圖 795。

〔註23〕容庚，《商周彝器通考》，圖 794。

〔註24〕《文物》，2006（10），頁 85。

〔註25〕羅福頤主編，《古璽文編》（北京：文物出版社，1981 年 10 月），頁 354。

《說文》段注：「🍶，酒器也。凡酒必實於尊，以待酌者。鄭注
《禮》曰：『置酒曰尊。』凡酌酒者必資於尊，故引申以爲尊卑字，
猶貴賤本謂貨物而引申之也。自專用爲尊卑字，而別製罇、樽爲
酒尊字矣。从酉。廾𦥑奉之。廾者，竦手也，奉者，承也。設尊者，
必竦手以承之。祖昆切。十三部。《周禮》六尊：犧尊、象尊、箸尊、
壺尊、大尊、山尊，�йʼ待祭祀賓客之禮。見《周禮‧司尊彝》職。
犧作獻。鄭司農云：『獻讀爲犧。犧尊飾以翡翠。象尊以象鳳皇，
或曰以象骨飾尊。箸尊，箸略尊也。或曰箸尊箸地無足。壺者，
以壺爲尊。《春秋傳》曰：尊以魯壺。大尊，大古之瓦尊。山尊，
山罍也。』按《毛詩》『閟之犧尊』，卽獻尊也。故許同大鄭作犧。
以待祭祀，《司尊彝》詳之矣。大行人賓客之祼亦必用彝，饗禮、
食禮亦必用尊，故約之曰『以待祭祀賓客之禮』。🍶尊或从寸。此
與寺从寸意同，有法度者也。」（頁 759）

1、字形說明

《甲骨文編》尊字作🍶[註26]（鐵二七‧一），《續甲骨文編》中有作🍶（佚
413），「廾」的位置不同。尊字金文，有作與甲骨文相似的🍶〈作父辛方鼎〉，
也有加上🍶部件而成的🍶〈過伯簋〉及🍶[註27]〈呂王簋〉字。在《新見金
文字編》中收錄仲姜簋的🍶，與其他金文相比略有不同，但組成構件仍相似，
雙手位置從下方移到酒器左右兩側，爲雙手捧酒器之形，爲奉酒祭祀的具象
化。《睡虎地秦簡》作🍶（日甲六七背）與今日之尊字相似，從寸部。古璽文
作🍶。《說文》小篆收錄二字，一是从廾字作🍶，一是重文从寸字作🍶。

2、器物形制

尊，是酒器之名，段注云：「凡酒必實於尊以待酌者。」尊在禮器中的重要
性僅次於鼎。《周禮‧小宗伯》云：「辨六彝之名物，以待果將。辨六尊之名物，
以待祭祀、賓客。」[註28]又〈司尊彝〉中云「掌六尊、六彝之位，詔其酌，
辨其用與其實。春祠、夏礿，祼用雞彝、鳥彝，皆有舟。其朝踐用兩獻尊，其

〔註26〕 中國科學院考古研究所編，《甲骨文編》，頁 572。

〔註27〕 容庚，《金文編》，頁 1005。

〔註28〕 漢‧鄭玄注，唐‧賈公彥疏，《周禮注疏》，頁 577～578。

再獻用兩象尊，皆有舟。諸臣之所昨也。秋嘗、冬烝，祼用斝彝、黃彝，皆有舟。其朝獻用兩著尊，其饋獻用兩壺尊，皆有罍。」〔註29〕可知凡祭祀，在廟饗賓客時陳六尊，依祭禮四時所用。古時之「六尊」，鄭康成引鄭司農說爲「獻尊、象尊、壺尊、著尊、大尊、山尊。」唯獻尊與許說所引之犧尊略有不同。用酒尊，乃謂諸禮用酒者皆用尊盛酒。

尊究竟是共名還是專名，歷來學者多有討論，容庚於《商周彝器通考》中，提到：

> 今所見商周彝器，尊彝乃共名而非專名，凡彝器皆得稱之。自宋以
> 來所定共名，乃有尊之一類。余初以尊之類觶觥壺罍者歸之觶觥壺
> 罍，而以犧象諸尊當專名之尊。然尊之名既已習稱，改定爲觥觶，
> 終嫌無別。故今於似觥觶而巨者，仍稱爲尊焉〔註30〕。

容氏認爲尊彝爲共名，而陳師溫菊於《詩經器物考釋》一書認爲《說文》釋尊，只解釋爲酒器，並未說明其形制，可以說明漢代之「尊」或爲共名，非專稱。尊應是禮經中盛酒器皿的共稱。而今所稱「尊」之器，乃爲宋人所定名，考古學家採用之〔註31〕。其說法雖有道理，然《說文》中釋爲「酒器」而未說明形制者，共五字，分別是橦、缻、鍾、鋞與尊字，五者皆爲共名，或許可以解釋爲：早期爲專名，但以其爲較重要的酒器，故後世以之統稱所有的酒器。

尊以形制多變，有狀如圓柱，鼓腹侈口，腹上有獸首四，有無獸首者，有旁有兩羊首者，有圓口方足者，有方而鼓腹，腹上有獸者……，有著各種動物形象的酒器或水器，稱之爲肖形尊，在出土的商代銅器中就不乏其例，如龍虎尊（圖圖2-3.1）、四方羊尊（圖2-3.2）、鳥尊（圖2-3.3左）、犀尊（圖2-3.3上）、象尊等，均有實物傳世。在傳世的文獻中，《禮記·明堂位》：「尊用犧、象、山罍。」〔註32〕《周禮·司尊彝》也作：「其朝踐用兩獻尊，其再獻用兩象尊，皆有舟。」〔註33〕可見犧尊與象尊最受尊重。

〔註29〕漢·鄭玄注，唐·賈公彥疏，《周禮注疏》，頁607～608。

〔註30〕容庚，《商周彝器通考》，頁391。

〔註31〕陳溫菊，《詩經器物考釋》（台北：文津出版社，2001年8月），頁46～47。

〔註32〕漢·鄭玄注，唐·孔穎達等正義，《禮記正義》，頁1092。

〔註33〕漢·鄭玄注，唐·賈公彥疏，《周禮注疏》，頁607～608。

圖 2-3.1　殷墟早期，龍虎尊〔註34〕

圖 2-3.2　殷墟中期，四羊方尊〔註35〕

〔註34〕馬承源，《中國古代青銅器》（上海：人民出版社，1982 年），圖版二十九。

〔註35〕馬承源，《中國古代青銅器》，圖版三十。

圖 2-3.3　肖形尊

殷墟中期，婦好鳥尊〔註36〕

殷墟晚期，小臣艅犀尊〔註37〕

西周恭王盠駒尊〔註38〕

（四）彝

甲骨文	甲骨文	金文	金文	金文
前 5.1.3	京都 1841	董監鼎	宵簋	仲簋

〔註36〕馬承源，《中國古代青銅器》，圖版三十五。

〔註37〕馬承源，《中國古代青銅器》，圖版三十六。

〔註38〕馬承源，《中國古代青銅器》，圖版四十八。

金文	金文	小篆	古文
競之定豆甲〔註39〕	夷曰匜〔註40〕	頁 669	頁 669

《說文》段注：「彝，宗廟常器也。彝本常器。故引申爲彝常。《大雅》：『民之秉彝。』傳曰：『彝，常也。』从糸。糸，綦也。綦，許書所無，當作『冪』。《周禮‧幎人》：『以疏布巾幎八尊，以畫布巾幎六彝。』彝尊必以布覆之。故从糸也。𢏚持之。之字今補。𢏚、竦手也。尊下亦曰『廾以奉之』。米、器中實也。酒者，米之所成，故从米。从互，象形。各本作『互聲』，非也。今依《韵會》正。互者，豕之頭，銳而上見也。爵从䀠又而象雀之形，彝从糸米廾而象畫鳥獸之形，其意一也。故云『與爵相似』。此與𣪊相侣。相似，猶同意也。以脂切。十五部。《周禮》六彝：雞彝、鳥彝、黃彝、虎彝、蜼彝、斝彝。已待祼將之禮。見〈春官‧司尊彝〉職。𢍊、𧲜皆古文彝。」（頁 669）

1、字形說明

甲骨文作 （前五‧一‧三）象兩手捧雞之形，非從糸、米作 〔註41〕（京都一八四一）。《金文編》收錄了多達八面的「彝」字金文，種類如：象兩手捧雞的 〈董監鼎〉，或構形較爲扁平的 〈宵簋〉，或兩隻手已轉成「廾」形的 〈仲簋〉〔註42〕。後代字形除了捧雞外，也捧米作祭。《新見金文字編》中收錄春秋晚期的〈競之定豆甲〉較近於古文 ，另外收錄〈夷口匜〉，與〈董監鼎〉構件左右相反。小篆作 ，古文彝有二字，分別作 及 。

2、器物形制

王國維在〈說彝〉一文云：「尊、彝皆禮器之總名也。……然尊有大共名之尊，禮器全部；有小共名之尊，壺、卣、罍等總稱。又有專名之尊，盛酒

─────────────

〔註39〕《文物》，2008（1），頁 28。

〔註40〕新收 1670。

〔註41〕中國科學院考古研究所編，《甲骨文編》，頁 506。

〔註42〕容庚，《金文編》，頁 864～869。

器之侈口者，彝則爲共名而非專名。」〔註43〕又謂嘗疑彝爲盛黍稷之器而非盛酒之器，並以出土實物陳侯彝及伯矩彝等證明其看法。後其學生劉節又進一步說彝爲盛黍稷之禮器，但他不贊成將 🐦 形說成是雞。並認爲「最初彝是拿實物來作的，所以甲骨文裡是从兩手執玄鳥形。後來到了周朝，是成爲飄揚欲動的徽幟了。……『彝』是我們古代氏族的徽幟，可以用之爲區域名詞。若用西洋社會學、人類學上的名詞來說，可以名之曰『圖騰』。而『物』，是指圖騰上所繪的形象。」〔註44〕以人類文化學的角度說明彝本象玄鳥，不象雞，玄鳥爲殷商的圖騰崇拜之物，頗有獨見。然甲骨文彝中所執者，象雞不象玄鳥（燕）。且玄鳥爲崇拜之物，而非祭祀之物，以手捧之亦不甚合理，故其說僅可聊備一格。

彝初爲共名應無疑義，但古之名物，共名與專名往往相互轉化，故《商周彝器通考》以著錄之方彝爲數不少，如令方彝、師遽方彝，吳方彝蓋皆是〔註45〕，蓋皆爲後人所名。《說文序》云，「壁中書者，魯恭王壞孔子宅，而得《禮記》、《尚書》、《春秋》、《論語》、《孝經》。又北平侯張蒼獻《春秋左氏傳》。郡國亦往往於山川得鼎彝，其銘即前代之古文，皆自相似。雖叵復見遠流，其詳可得略說也。」（頁 769）鼎彝連稱，上有銘文，代表所有金文，蓋即大共名。《爾雅・釋器》：「彝、卣、罍，器也。」〔註46〕彝與卣、罍等皆爲酒器，蓋即小共名，又《周禮・春官宗伯・司尊彝》云：

> 掌六尊、六彝之位，詔其酌，辨其用與其實。春祠、夏礿，祼用雞彝、鳥彝，皆有舟。……諸臣之所昨也。秋嘗、冬烝，祼用斝彝、黃彝，皆有舟。……凡四時之間祀、追享、朝享，祼用虎彝、蜼彝，皆有舟。其朝踐用兩大尊，其再獻用兩山尊，皆有罍。諸臣之所昨也。凡六彝、六尊之酌，郁齊獻酌，醴齊縮酌，盎齊涚酌，凡酒脩酌。大喪，存奠彝，大旅亦如之。〔註47〕

〔註43〕王國維，《觀堂集林》第一冊（北京：中華書局，1961 年），頁 153～155。

〔註44〕詳見劉節，〈說彝〉，《圖書季刊新三卷三、四期合刊》（1941 年 12 月）。

〔註45〕容庚，《商周彝器通考》，頁 407。

〔註46〕晉・郭璞注，宋・邢昺疏，《爾雅注疏》，頁 155。

〔註47〕漢・鄭玄注，唐・賈公彥疏，《周禮注疏》，頁 607～608。

　　「六彝」爲雞彝、鳥彝，斝彝、黃彝、虎彝、蜼彝。祭祀所用的六種酒器，已近乎專名了。因刻畫圖飾各異，而名目不同。而出土實物展現出，彝的形制多變，有長方有蓋，蓋上有紐如柱者（如圖 2-3.1 大亞方彝），有兩側及蓋有柱旁出者（如圖 2-3.2 夔紋方彝），有腹旁有兩扁耳上出者（如圖 2-3.3 師遠方彝）等。

圖 2-3.1　大亞方彝〔註 48〕　　　　圖 2-3.2　夔紋方彝〔註 49〕

圖 2-3.3　師遠方彝〔註 50〕

〔註 48〕容庚，《商周彝器通考》，圖 593。

〔註 49〕容庚，《商周彝器通考》，圖 601。

〔註 50〕容庚，《商周彝器通考》，圖 604。

（五）缶

甲骨文	甲骨文	金文	金文	金文	包山楚簡	小篆
甲・22.4 方國名	前 8.1.1.1	从口缶鼎	蔡侯𬤵缶	宿兒缶	265	頁 227

《說文》段注：「缶𦈢，瓦器。所㠯盛酒漿。〈釋器〉、〈陳風〉傳皆
云：『盎謂之缶。』許云：『盎，盆也。罌，缶也。』似許與《爾雅》
說異。缶有小有大，如汲水之缶，葢小者也；如五獻之尊，門外缶
大於一石之壺，五斗之瓦甒，其大者也。皆可以盛酒漿。**秦人鼓之
㠯節謌**。鼓，之錄切，擊也……。**象形**。字象器形。方九切，三部。
俗作垇。**凡缶之屬皆从缶**。」（頁 227）

1、字形說明

《甲骨文編》收錄了十個以上的缶字〔註51〕，大多呈 𦈢（甲・二二・四　方
國名）、𦈢（前八・一一・一）之形，《金文編》所收字形也與甲骨文相差不
大，如〈从口缶鼎〉🯅、〈蔡侯𬤵缶〉 🯅〔註52〕，《新見金文編》中，也收錄
春秋晚期的〈宿兒缶〉📷〔註53〕，《包山楚簡文字編》作𦈢（265），小篆作𦈢。
擊缶的方式，可從缶字的古文字中發現，缶字由「午」和「𠙶」兩個形符所
構成。上面的「午」，就是杵，即作鼓槌、缶槌之用的木棒；下方的「𠙶」，
是作爲瓦器的缶，爲象形之字。

2、器物形制

缶在古文獻中早已出現，到了周代就更爲普及了。《周易・習坎》講到「樽
酒簋貳，用缶，納約自牖，終无咎。」，王弼注云：「處坎以斯，雖復一樽之酒，
二簋之食，瓦缶之器，納此至約，自進於牖，乃可羞之於王公，薦之於宗廟，
故終無咎也。」〔註54〕可見，缶稱瓦缶，原爲盛酒或水的容器，也可以薦於宗

〔註51〕中國科學院考古研究所編，頁 241。

〔註52〕容庚，《金文編》，頁 367。

〔註53〕陳斯鵬、石小力等編，《新見金文編》，頁 163。

〔註54〕魏・王弼、韓康伯注，唐・孔穎達等正義，《周易正義》，頁 156。

廟。最有名的便是莊子喪妻擊缶而歌的篇章，這表明實用的瓦器足以充當替代性的樂器來用。又可以從司馬遷《史記‧廉頗藺相如列傳》敘述的秦王被迫擊缶之記載來看，「藺相如前曰：『趙王竊聞秦王善爲秦聲，請奏盆瓿秦王，以相娛樂。』秦王怒，不許。……於是秦王不懌，爲一擊瓿。」〔註55〕足見擊缶與擊鼓彈瑟相較是頗爲羞辱之事。後代擊缶的方式是單手將木棒伸入缶內去敲打，或者從外面擊打缶身，而不像擊鼓那樣從上向下擊打鼓面。因爲缶是向上敞口的，本沒有面。而且木槌只是一個，也不可能像雙手擊鼓那樣左右開弓地擊打。

1965 年出土的湖南湘鄉大茅坪一號墓蟠虺紋銅缶，此器作圓形，有蓋，器身爲小口，肩兩側有獸首環形耳，可能是浴缶。浴缶是楚人具有特色的器物，其形制和紋飾也是楚系銅器的特點，如蓋中央有喇叭狀捉手，捉手內飾蟠虺紋，蓋和器身都飾蟠虺紋等，在楚國青銅器中常見。此缶卻出土於湘鄉地區的狹長形墓葬之中，考古學界一般認爲這類墓葬爲古代越人的墓葬，楚人的青銅器出在越人的墓葬之中。湘鄉地區發現多座同樣的墓葬都隨葬有楚國青銅器〔註56〕，越人如何得到楚人的器物，應是戰爭、貿易等文化交流現象的表徵。

圖 2-4 蔡侯𦉜尊缶〔註57〕

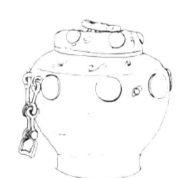

〔註55〕漢‧司馬遷撰，《史記》第 08 冊（北京：中華書局，1959 年 9 月），頁 2439。

〔註56〕湖南省博物館網頁 http://baike.baidu.com/cms/museum/v2/exhibit.html?id=208464&eId=208482#208581

〔註57〕朱鳳瀚，《古代中國青銅器》，頁 203。

二、調酒器

《說文》裡用來盛清水調酒之器的字共有盉、瓚二字。

(一) 盉

金文	金文	金文	金文	金文	小篆
免盤	季良父盉	伯春盉	伯?盉	史孔盉	頁 214

《說文》段注:「盉盉,調味也。調聲曰龢,調味曰盉。今則和行而龢、盉皆廢矣。鬻部曰:『鬻,五味盉羹也。』从皿,調味必於器中,故从皿。古器有名盉者,因其可以盉羹而名之盉也。……禾聲。戶戈切,十七部。」(頁 214)

1、字形說明

盉字金文字形多變,如:〈免盤〉 [註58],禾在右方,皿在右方;〈季良父盉〉 ,皿字兩側有環,且右側象一手持禾之形;〈伯春盉〉 [註 59]從酉從禾省;從金從鼎的〈伯?盉〉 [註 60];〈史孔盉〉 [註61]假和爲盉。郭沫若〈長安縣張家坡銅器群銘文匯釋〉中提到:「金文盉,從禾者,乃象意而兼諧聲,故如〈季良父盉〉……象以手持麥杆以吸酒,則盉之初文殆即如少數民族之咋酒罐耳。」[註62]小篆作上「禾」下「皿」的 ,與現行的楷書相同。段注云:「調聲曰龢,調味曰盉。今則和行而龢盉皆廢矣。」王寧認爲和、龢、盉與禾都是同源字。

因爲在古人的觀念裡,「禾」是人類調和大自然諸因素的產物,有反過來調和人的生命。《說文:「禾,嘉穀也。二月始生,八月而孰,得時之中,故謂之禾。」《管子・小問》注云:「命之曰禾者,得其調和人之性命。」這就是說,經過人爲調理而得之大自然的禾穗,

---

〔註58〕容庚,《金文編》,頁 343。

〔註59〕容庚,《金文編》,頁 343。

〔註60〕容庚,《金文編》,頁 343。

〔註61〕容庚,《金文編》,頁 343。

〔註62〕郭沫若,〈長安縣張家坡銅器群銘文匯釋〉(北京,《考古學報》,1962 年 1 期)。

是「和」的象徵〔註63〕。

和、龢、盉與禾四字不但有聲音上的關係,也是有「調和」之意,故盉爲調和之器。

2、器物形制

出土的盉器,從殷商至戰國皆有,樣式多元,有三足者(如圖 2-5.1 殷墟婦好墓三足提梁盉)或四足(如圖 2-5.4 饕餮紋異形四足盉)者,或有銘文者(如圖 2-5.2 商代子父乙盉)或素面者,有饕餮紋者(如圖 2-5.3 商代饕餮紋盉)。

圖 2-5.1 商代・殷墟婦好墓三足提梁盉〔註64〕

圖 2-5.2 商代・子父乙盉,寶雞出土,腹蓋均飾饕餮紋有銘文〔註65〕

〔註63〕 王寧,《說文解字與中國古代文化》(瀋陽:遼寧人民出版社,2000 年),頁 105。

〔註64〕 中國社會科學院考古研究所編,《殷墟婦好墓》,圖版四十。

〔註65〕 容庚,《商周彝器通考》,圖四六四。

圖 2-5.3　商代，饕餮紋盉，口及蓋均飾饕餮紋一道〔註66〕

圖 2-5.4　商代，饕餮紋異形四足盉，安陽侯家莊出土〔註67〕

圖 2-5.5　西周後期，竊曲紋三足盉，三足，蓋及鋬者皆有半環，
　　　　　以小獸之前後足作環形抱合之〔註68〕

〔註66〕容庚，《商周彝器通考》，圖四六九。

〔註67〕容庚，《商周彝器通考》，圖四八五。

〔註68〕容庚，《商周彝器通考》，圖四八二。

（二）瓚

金文	金文	金文	金文	小篆
戈父辛鼎	小盂鼎	毛公鼎	榮仲方鼎〔註69〕	頁11

《説文》段注：「瓚瓚，三玉二石也。从王，贊聲。徂贊切，十四部。禮：天子用全，純玉也；上公用駹，四玉一石；侯用瓚，伯用埒，玉石半相埒也。《攷工記・玉人》曰：『天子用全，上公用龍，矦用瓚，伯用將。』注：『鄭司農云：全，純色也。龍，當爲尨，尨謂雜色。玄謂全，純玉也。瓚，讀如餐之屪。龍、瓚、將，皆雜名也。卑者下尊以輕重爲差，玉多則重，石多則輕。公矦四玉一石，伯子男三玉二石。』按，許君龍作駹，從先鄭易字也。埒，許、鄭同，皆不作將。倘是將字，鄭不得釋爲雜。鄭已後傳寫失之。鄭云：『公矦四玉一石』，則《記》文不當公矦分別異名。許説爲長。戴先生曰：『此葢泛記用玉爲飾之等。』玉裁謂此與祼圭之瓚異義。許不言祼圭之瓚者，葢其字古祇作贊，黃金爲勺，不用玉也。《詩》謂之玉贊、圭贊者，以贊助祼圭也。」（頁11）

1、字形説明

瓚字金文作墨（戈父辛鼎）、墨（小盂鼎）、墨（毛公鼎），古文字學者均隷定爲「墨」，迄無異辭，郭沫若曾將此字釋爲「甗」而讀作「瓚」，謂「墨乃古甗字，象形。」〔註70〕後干愼行認爲「甗」、「瓚」同屬元部字而通假使然。「墨」在商周金文，多被用於賞賜之物。將古籍與金文相互交驗後，益知得「圭墨」爲「圭瓚」者，信而有徵〔註71〕。又《新見金文字編》中收錄《榮仲方鼎》的墨，小篆作瓚。

2、器物形制

〔註69〕《文物》，2005（9），頁64。

〔註70〕郭沫若，《金文叢考》，《郭沫若全集第五卷》（北京：科學出版社，2002年），頁267。

〔註71〕王愼行，〈瓚之形制與稱名考〉，《考古與文物》，1986年第2期。

瓚的形制，爲鑲有玉柄，有如盤形之銅勺，勺前有流，下爲盤以承之，是可以挹酒的器具，與宋人《三禮圖》中所繪相仿。孫慶偉認爲，周代圭瓚、璋瓚的劃分應是柄部形制似圭、似璋，而非指以玉圭、玉璋爲柄，所以不論瓚以銅、陶、漆、木或玉制作，均應有圭瓚和璋瓚之別。圭瓚之柄窄長尖首，璋瓚則可能是扁平長條的玉版〔註72〕。

圖 2-6.1　宋人《三禮圖》瓚圖，頁 158～159

圖 2-6.2　伯公父瓚〔註73〕

三、飲酒器

《說文》中的飲酒器中有出土實物或是甲骨文、金文作爲佐證的共有爵、斝、卮、觵（觥）、觶、觚六字。爵、斝既可用作飲酒之器，且底有三足可用於溫酒之用。

〔註72〕孫慶偉，〈周代裸禮的新證據──介紹震旦藝術博物館新藏的兩件戰國玉瓚〉，《中原文物》2005 年 1 期，頁 74。

〔註73〕孫慶偉，〈周代裸禮的新證據──介紹震旦藝術博物館新藏的兩件戰國玉瓚〉，《中原文物》2005 年 1 期，頁 73。

（一）爵（爵）

甲骨文	金文	金文	古文	小篆
390	0832	爵且丙尊	頁220	頁220

《說文》段注：「爵，禮器也。古說今說皆云『爵一升』，《韓詩》說：『爵觚觶角散，總名曰爵，其實曰觴。爵，象雀之形。各本作『象爵之形』四字，今正。古文全象爵形，卽象雀形也。小篆改古文媘之，首象其正形，下象其側形也。**中有鬯酒，又持之也**。又，手也。〈祭統〉：『尸酢夫人執柄，夫人受尸執足。』柄者，尾也。**所吕飲器象雀者**，各本雀作『爵』，今正。**取其鳴節節足足也**。節節足足，雀音如是。《廣雅》曰：『鳳皇，雄鳴卽卽，雌鳴足足。』《宋書‧符瑞志》因之，皮傅之說耳。卽略切，二部。爵引伸爲爵秩字，假借爲雀字。《韓詩》說曰：『爵，盡也。足也。』《白虎通》說爵祿曰：『爵者，盡也。所以盡人材。』古爵音同焦，醮、憔字皆取盡意。爵，爵依《古文四聲韻》，**古文爵如此。象形**。首尾喙翼足具見。爵形卽雀形也。程氏瑤田《通藝錄》曰：前有流，喙也。腦與項也，胡也。後有柄，尾也。容酒之量，其口左右侈出者，翅也。近前二柱，聳翅將飛皃也。其量，腹也。腹下卓爾鼎立者，其足也。古爵之存於今者驗之，兩柱挂眉而酒盡，古經立之容不能昂其首也。不昂首而實盡，取節於兩柱之挂眉。〈梓人〉所謂『鄉衡』者如是。」（頁220）

1、字形說明

從甲骨文、金文的字形來看，看得見二足及三足。二足如：《續甲骨文編》中：爵（390）、爵（2461）、三足如《金文編》中：爵（0832）父癸卣[註74]、爵爵且丙尊[註75]。根據實際出土器物推測，可知爵三足下可置火溫酒，是三足的原始功用。《說文》古文作爵，小篆作爵。

〔註74〕容庚，《金文編》，頁356。
〔註75〕容庚，《金文編》，頁356。

2、器物形制

爵是一種用途很廣的酒器，在中國古代的青銅禮器中最早出現，也是用來酌酒的器具。關於爵的用途，學界有不同的想法，一是認爲它是飲酒器，遵從許愼之說。二是認爲是煮酒器（溫酒器），因爵有三足、較寬的長流，口緣上又有雙柱，並不便於飲酒，且飲酒之器結構亦無需如此複雜，此種想法主要是容庚提出〔註76〕，朱鳳瀚〔註77〕從之。但李少龍於〈青銅爵的功用、造型及其與商文化的關係〉一文中提出反駁，認爲爵的容量爲飲酒器中最小（100ml 左右者居多）造型也最美觀，以容量最小、造型最美的銅爵煮酒，倒入容量較大的觚、觶之屬飲之，於理不合〔註78〕。然容庚所謂「結構複雜」，乃因求其美觀；所謂「不便於飲酒」，乃因其目的本在節制飲酒。故容庚溫酒器之說，可信。第三種說法是濾酒器，則是台灣學者傅曄提出「商周時期的青銅爵，就是唯一的以濾酒爲主要功能的酒器。」〔註79〕筆者認爲溫酒器之說，有相當道理，但也不能排除飲酒器之說，故將爵列於溫酒器之分類下。一般的形狀爲前有流，即傾酒的流槽，後有尖銳狀尾，中爲杯，一側有鋬，下有三足，流與杯之中有柱。少數爵爲無柱或一柱，大多爲兩柱〔註80〕。

早在原始社會就有了陶爵，河南偃師縣二里頭出土了中國目前發現最早的夏代銅爵〔註81〕（如圖 2-7.1）。到了商代，大量鑄造銅爵，銅爵是當時最流行的酒器。典籍中記載的大多爲用爵來飲酒的情形，少數青銅爵的杯底有煙炱的痕跡，可以證明爵既是一種飲酒器，也是一種溫酒器〔註82〕。後作爲祭祀用的禮器使用。在《禮記·禮器》中說：「貴者獻以爵，賤者獻以散。」〔註83〕可見爵是貴族所用。《周禮》、《儀禮》中多作飲酒器，到了漢代文獻中，爵的使用並

〔註76〕容庚、張維持，《殷周青銅器通論》（北京：文物出版社，1984 年），頁 43。

〔註77〕朱鳳瀚，《古代中國青銅器》（天津：南開大學出版社，1995 年），頁 89～92。

〔註78〕李少龍，〈青銅爵的功用、造型及其與商文化的關係〉，《南開學報》，1999 年第一期，頁 77。

〔註79〕傅曄，《金爵新論》（上海：文博出版社，1992 年），頁 38～43。

〔註80〕陳溫菊，《詩經器物考釋》，頁 50～52。

〔註81〕王永紅、陳成軍：《古器物鑑賞》（台北：文津出版社，2004 年），頁 128。

〔註82〕王永紅、陳成軍：《古器物鑑賞》，頁 128。

〔註83〕漢·鄭玄注，唐·孔穎達等正義，，《禮記正義》，頁 850。

不普遍，此時爵只是用來指代一般的飲酒器，沒有了祭祀的功能。

圖 2-7.1　1984 年河南偃師二里頭出土銅爵〔註84〕

圖 2-7.2　角爵〔註85〕

圖 2-7.3　又羖父癸爵〔註86〕

〔註84〕中國科學院考古研究所二里頭工作隊，〈偃師二里頭新發現的銅器和玉器〉，《考古》第四期，圖版伍。

〔註85〕容庚，《商周彝器通考》，圖四一五。

〔註86〕容庚，《商周彝器通考》，圖四一七。

（二）斝

甲骨文	甲骨文	甲骨文	甲骨文	金文	小篆
甲 3104	7.10	合集 18579	合集 18580		頁 724

《說文》段注：「斝，玉爵也。夏曰醆，小徐如此，大徐作『琖』。
皆許所無。《周禮・量人》音義曰：『琖，側産反。劉昌宗本作湔。
音同。』按，古當用戔字，後人以意加旁。殷曰斝，周曰爵。見〈明
堂位〉及《毛詩》傳。魯祀周公，爵用玉琖，仍雕。《周禮》、《祭
統》皆云玉爵。然則三代皆飾玉可知，故許統云玉爵也。〈禮運〉：
『醆斝及尸君，非禮也。』鄭云：『先王之爵，惟魯與王者之後得
用之，其餘諸侯用時王之器而已。』《大雅》：『洗爵奠斝。』箋云：
『用殷爵者，尊兄弟也。』〈明堂位〉注曰：『斝畫禾稼也。』从斗，
門象形。二徐本皆譌，今正之如此。从斗而上象其形也。與甂同
意。甂，从甾，从又，而⼾象形。斝从斗，而門象形。故云同意也。
此三爵者，其狀各異，今惟爵有存者耳。古雅切，古音在五部。或
說斝受六升。《考工記》爵受一升而已，醆，斝未聞也。或說斝容
六升，故字从斗。」（頁 724）

1、字形說明

斝是飲酒器，基本的形制是圓深腹、平底、三尖足，口沿有二柱，旁有
鋬。字型 （甲三一〇四《甲骨文編》[註87]）， （7.10[註88]《續甲骨文
編》），金文作 [註89]，斝象二柱三足一耳。小篆作 。王國維說，籀文、
金文未見斝字，古人習用此物，不當無此字[註90]。王襄《古文流變臆說》契
文斝字象兩柱三足巨腹之形，無流無尾，與傳世之斝同。《禮記・樂記》：「壹
獻之禮，賓主百拜，終日飲酒而不得醉焉；此先王之所以備酒禍也。故酒食

〔註87〕李圃主編，《古文字詁林》第十冊，頁 665。

〔註88〕李圃主編，《古文字詁林》第十冊，頁 665。

〔註89〕容庚，《金文編》，頁 928。

〔註90〕李圃主編，《古文字詁林》第十冊，頁 665。

者所以合歡也；樂者所以象德也；禮者所以綴淫也。」〔註91〕讀此文，可知其有節。

2、器物形制

斝爲祭祀時用來盛香酒、或是宴會飲酒用的盛酒器之一。《詩經‧大雅‧行葦》作「洗爵奠斝。」記斝在祭祀時用於「或獻或酢」。《禮記‧禮器》中記載在宗廟祭祀活動中，用斝的人地位較低〔註92〕。其造型爲敞口上有一對小柱，鼓腹下接三足，體側有鋬。與古文字大致吻合，也與出土文物相符。王國維《觀堂集林‧說斝》一文考證，引羅振玉之說，云卜辭「斝」與「散」相近，而經籍飲器之散爲斝之訛〔註93〕。《禮經》的「散」即是「斝」，故傳世青銅禮器但見「斝」未見「散」。今所稱「斝」者，從商代到西周早期，形體有一定的變化，從大口圓腹圓底空錐足式（圖 2-8.1）、侈口筒形丁字足式（圖 2-8.2）、長頸分段空錐足式（圖 2-8.3）到高體分段方斝（圖 2-8.4）、侈口束頸垂腹式（圖 2-8.5）。宋人金石學發達，定名禮器，和爵、角等屬同一系列酒器，形制相似，與爵不同之處在於斝無流，斝比爵高大。

圖 2-8.1　宋人《三禮圖》口圓腹圓底空錐足式斝

〔註91〕漢‧鄭玄注，唐‧孔穎達等正義，《禮記正義》，頁 1285。

〔註92〕中國國家博物館，《文物夏商周史》彩色圖文本（北京：中華書局，2009 年），頁 145。

〔註93〕王國維，《觀堂集林》（北京：中華書局，1961 年），頁 145～147。

圖 2-8.2 　宋人《三禮圖》侈口筒　　圖 2-8.3 　宋人《三禮圖》長頸分
　　　　　形丁字足式斝　　　　　　　　　　段空錐足式斝

 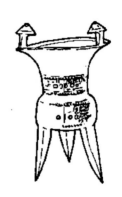

圖 2-8.4 　宋人《三禮圖》高體分　　圖 2-8.5 　宋人《三禮圖》侈口束
　　　　　段方斝斝　　　　　　　　　　　　頸垂腹式斝

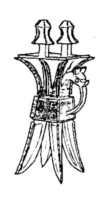 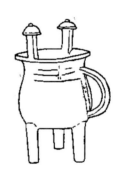

　　從段氏的注解中可知，《周禮》中所稱之「玉爵」，是爲斝，《周禮·天官
冢宰》中，「祀大神示亦如之，享先王亦如之，贊玉幾、玉爵。大朝覲會同，
贊玉幣、玉獻、玉幾、玉爵。」觀今《周禮》中「斝」字也出現了三次，分
別在《春官宗伯》：「大祭祀，與量人受舉斝之卒爵而飲之。」〔註94〕「秋嘗、
冬烝，祼用斝彝、黃彝，皆有舟。」〔註95〕《夏官司馬》：「凡宰祭，與郁人
受斝歷而皆飲之。」〔註96〕《禮記·祭統》則云：「尸飲五，君洗玉爵獻卿；
尸飲七，以瑤爵獻大夫；尸飲九，以散爵獻士及群有司，皆以齒。明尊卑之

〔註94〕漢·鄭玄注，唐·賈公彥疏，《周禮注疏》第二冊，頁 600。

〔註95〕漢·鄭玄注，唐·賈公彥疏，《周禮注疏》第二冊，頁 607。

〔註96〕漢·鄭玄注，唐·賈公彥疏，《周禮注疏》第二冊，頁 932。

等也。」〔註97〕表現出中國尊卑有序、各有其禮之傳統，也可見得「斝」是似「爵」的飲酒之物。

（二）巵

汗簡	小篆
（字形）	（字形）
中之 2.49	頁 434

《說文》段注：「巵巵，圜器也。〈內則〉注曰：『巵、匜，酒漿器。』一名觛。角部曰：『觛者，小巵也。』《急就篇》亦巵觛並舉，此渾言、析言之異也。〈項羽本紀〉：『項王曰：賜之巵酒，則與斗巵酒。』斗巵者，巵之大者也，與下文麤肩言生意同。所召節歠食。飲食在是，節飲食亦在是也，故从卪。象人。謂上體似人字橫寫也。卪在其下也。巵从人卪，與后从人口同意。章移切，十六部。《易》曰：『君子節歠食。』〈頤・象〉傳文。俑此說从卪之意。古多假『節』爲卪。凡巵之屬皆从巵。」（頁 434）

1、字形說明

巵字小篆作巵（頁 434），小徐本《說文》對於字形構造加以補充「臣鍇曰：『厂象人；卪，節也；一，專言也。』」汗簡作巵〔註98〕。小篆作巵。段注認爲巵爲圜器，又引〈內則〉、《急就篇》、〈項羽本紀〉等古籍之說，證其爲飲酒之器。又說巵字形體爲「象人。謂上體似人字橫寫也。卪在其下也。」又引《易》曰：「君子節飲食。」〔註99〕巵字也有著勸人要節制飲食之意。容希白《商周彝器通考》〔註100〕引宋代《博古圖》（卷十六），定巵之名，今從之。認定其爲酒器可信。但近人林義光認爲「人下卪無酒器之義。巵當爲支持之支本字。卪亦人字，象二人相支柱形。巵與支同音而通用。」〔註101〕唐

〔註97〕漢・鄭玄注，唐・孔穎達等正義，《禮記正義》，頁 1583～1584。

〔註98〕李圃主編，《古文字詁林》第八冊，頁 97。

〔註99〕〈頤・象傳〉：「山下有雷，頤；君子以慎言語，節飲食。」段氏採取節引的方式。

〔註100〕容庚，《商周彝器通考》，頁 454。

〔註101〕《文源》卷六。

蘭〔註 102〕從其說。但因其無甲、金文,本義難知。今唯有汗簡與小篆之字,筆者認同林義光之說,其字形不像酒器,《說文》以假借義說之,有待商榷。但在漢代作酒器解則無可疑。

2、器物形制

卮的形制,從春秋時代青銅器的卮到漢代出土的漆卮頗有異同。青銅器卮多爲橢圓無足,兩環爲耳,有獸環者(如圖 2-9.2 蟠虺紋卮),腹飾花紋,如蟠虺紋、三角雷蚊或葉象鼻紋。長沙馬王堆漢墓一號及三號墓分別出土一個漆卮(如圖 2-9.3、4),則爲長筒狀,兩環爲耳,多爲線條流麗,有雲紋,甚至有鎏金銅環,可見高貴之家也有使用。卮是漢代常用的飲器,原是木片捲屈而成。《禮記·玉藻》:「父歿而不能讀父之書,手澤存焉爾;母歿而杯圈不能飲焉,口澤之氣存焉爾。」鄭玄注:「圈,屈木所爲,謂卮匜之屬。」〔註 103〕出土的各種材質卮也多保持圈器形制。在上世紀 50 年代出土考古報告中,它常被誤認爲奩或杯〔註 104〕。1964 年王振鐸結合文獻記載與出土實物對於卮作出了正確定名〔註 105〕。又段注引〈項羽本紀〉「項王曰:賜之卮酒。」可見卮在漢代是作酒器用。

圖 2-9.1　春秋時期·垂葉象鼻紋卮〔註 106〕

〔註 102〕詳見唐蘭《殷墟文字記》。

〔註 103〕漢·鄭玄注,唐·孔穎達等正義,《禮記正義》,頁 1075。

〔註 104〕孫機,《漢代物質文化資料圖說》(增訂本),頁 359〜361。

〔註 105〕王振鐸,〈論漢代飲食器中的卮和魁〉,《文物》1964 年第 2 期。

〔註 106〕容庚,《商周彝器通考》,圖八〇八。

圖 2-9.2　春秋時期・蟠虺紋卮〔註 107〕

圖 2-9.3　長沙馬王堆一號漢墓・雲紋漆卮〔註 108〕

圖 2-9.4　長沙馬王堆三號漢墓・錐畫漆卮〔註 109〕

〔註 107〕容庚，《商周彝器通考》，圖八○九。

〔註 108〕《馬王堆漢墓文物》，頁 55。

〔註 109〕《馬王堆漢墓文物》，頁 56。

（四）觵（觥）

甲骨文	觵字小篆	觥字小篆
𢂔	觵	觥
一期佚336	頁188	頁189

《說文》段注:「觵觵,兕牛角可㠯歙者也。《詩》四言『兕觵』,而傳不同。〈卷耳〉曰:『兕觵,角爵也。』〈七月〉曰:『觵所以誓眾也。』〈桑扈〉曰:『兕觵,罰爵也。』〈絲衣〉箋曰:『繹之旅士用兕觵,變於祭也。』《周禮‧閭胥》注曰:『觵撻者,失禮之罰也。』〈小胥〉曰:『觵,罰爵也。』〈卷耳〉無罰義。故祇云『角爵』。〈七月〉因鄉飲酒而正齒位,故云『誓』,誓者,示以失禮,則受罰也。蓋觵之用於罰多,而非專用以罰。故〈卷耳〉、〈絲衣〉竝用兕觥,此許不言罰爵,而言可以歙之意也。《異義》:『《韓詩》說:觥亦五升,所以罰不敬。觥,廓也,箸明之貌。君子有過,廓然箸明。《毛詩》說:觥大七升。許慎謹案:觥罰有過,一飲而盡。七升爲過多。』許意當同《韓詩》說,大五升也,五升亦恐非一飲能盡,故於《說文》不言升數。**從角**,據許是以兕角爲之。《詩正義》引《禮圖》:『先師云,刻木爲之。』非許意。又按,凡觵、觶、觴、觚字皆從角,許不言其義。〈考工記〉歙器爲於梓人,梓人者,攻木之工也。歙器惟觵多連兕言,許云:『兕牛角可以歙。』其他不以角爲,而字從角者,蓋上古食鳥獸之肉,取其角以歙,歙之始也。故四升曰角,猶仍角名,而觚、觶字從角與?黃聲。古橫切,古音如光,在十部。**其狀觵觵,故謂之觵。……觥觥,俗觵从光。今《毛詩》從俗。**」（頁188-189）

1、字形說明

觵字《甲骨文編》中沒有收錄,徐中舒的《甲骨文字典》中認爲甲骨文作𢂔,象牛角杯之形,當爲觵之初文[註110],與出土文物形制均近,可信。觵字小篆作觵,又作觥。觵字從甲骨文到小篆中間的演變過程,甲骨文𢂔爲

〔註110〕徐中舒,《甲骨文字典》（成都:四川辭書出版社,1990年）,頁481～482。

獨體象形，後來加注聲符黃、光，小篆不論是觵字、或是觥字，皆爲形聲字。

段注謂觵爲正字，觥則爲俗字，但今日以「觥」字爲正字。觀觵、觥兩字《廣韻》同屬平聲庚韻，古橫切，上古音同屬見紐陽部，皆爲七升酒器，故爲異體關係。

2、器物形制

觥，原是野牛角所作的飲酒器，後用爲祭祀之角爵。王國維在《觀堂集林》中有一篇〈說觥〉中曾提到：「器制似爵，而高大，蓋作犧首，形有兩角。」〔註111〕觥盛行於商代與西周初期，爲青銅所制，器腹橢圓，有流及鋬〔註112〕，底有圈足。有獸頭型器蓋（多半爲牛、羊等動物），也有整體作獸型的，並附有小勺。

關於其容量，有很多種說法，許慎並未言明觵（觥）之升數，段注集合《韓詩》、《毛詩》等各家說法後云：「《韓詩》說觥亦五升，所以罰不敬。觥，廓也，箸明之貌。君子有過，廓然箸明。《毛詩》說觥大七升。許慎謹案：觥罰有過，一飲而盡，七升爲過多。許意當同《韓詩》說大五升也。五升亦恐非一飲能盡，故於《說文》不言升數。」又《禮圖》云：「容七升。」不能肯定何者爲確，只能確定介於五到七升之間，故許慎、段注於《說文解字》中並不講明升數。《說文》的時代是漢代，是量詞大量發展的時期。量詞中的容器量詞大多是從容器名詞借用而來的，其中從酒器名詞借用而來的量詞稱爲酒器量詞。與《左傳》時期不一樣的是，《左傳》時期以稱糧食的爲最多，而漢代則以稱量酒漿的爲最多〔註113〕。而古代所使用的斗、升等容積單位，在現代漢語中也被使用著，只是因爲隨著社會的變遷，計量詞每個朝代都略有不同。如周代的尺和今天的尺爲六比十之不同。《說文·斗部》：「斗，十升也。」一升爲十分之一斗，秦漢一斗爲 200 毫升〔註114〕。若是依段注說「五升亦恐非一飲能盡」，五升爲今日 1000 毫升，的確沒辦法一乾而盡。

〔註111〕王國維，《觀堂集林》（北京：中華書局，1961 年），頁 147～151。

〔註112〕流爲器物嘴柄液體流出處，鋬爲器物上供人提拿的部分。

〔註113〕魏兆惠，〈論漢代的酒器量詞──兼談漢代酒器文化〉（《蘭州學刊》，2011 年 11 月），頁 154。

〔註114〕李建平，《先秦兩漢量詞研究》，西南大學博士論文，2010 年，頁 204。

圖 2-10.1　殷墟中期・龍紋觥〔註115〕

圖 2-10.2　商代・龍鴞紋觥，蓋及器前釋龍形，後釋鴞形〔註116〕

圖 2-10.3　商代・殷墟婦好墓出土司母辛銅四足觥〔註117〕

〔註115〕馬承源，《中國古代青銅器》，圖版三十四。

〔註116〕容庚，《商周彝器通考》，頁427，圖六七四。

〔註117〕中國社會科學院考古研究所編，《殷墟婦好墓》，彩版九。

圖 2-10.4　西周前期・守宮作父辛觥〔註118〕

圖 2-10.5　宋代・《三禮圖》，頁 164

（五）觶

小篆
觶
頁 189

《説文》段注云：「觶，鄉飲酒觶。鄉，當作『禮』。《禮經》十七篇用觶者多矣，非獨《鄉飲酒》也。因下文『一人洗舉觶』之文見〈鄉飲酒篇〉，淺人乃改鄉字。觶，鉉本作『角』，非。當同觥下作『爵』。从角，單聲。支義切，十六部。按，鄭駁《異義》云：『今《禮》角旁單。』然則是今文《禮》作觶也。單聲而支義切，由古文本作觝，從氏聲，後遞變其形，從辰，從單爲聲，而古音終不改

也。《禮》曰：『一人洗舉觶。』〈鄉飲酒〉曰：『一人洗，升，舉觶于賓。』〈鄉射禮〉曰：『一人洗，舉觶于賓。』《禮經》言觶多矣，略舉其一耳。觶受四升。《異義》云：『今《韓詩》一升曰爵，盡也，足也。二升曰觚，觚，寡也。飲當寡少。三升曰觶，觶，適也。飲當自適也。四升曰角，角，觸也。不能自適，觸罪過也。五升曰散，散，訕也。飲不能自節，人所謗訕也。總名曰爵，其實曰觴。觴者，餉也。觚，廓也，箸明之兒，君子有過，廓然箸明。非所以餉，不得名觴。古《周禮》說：爵一升，觚三升。獻以爵，而酬以觚。一獻而三酬，則一豆矣。食一豆肉，飲一豆酒，中人之食。許慎謹案：《周禮》云：一獻而三酬，當一豆，若觚二升，不滿一豆矣。』鄭駁之曰：『《周禮》獻以爵而酬以觚，觚，寡也。觶字角旁箸友（誤字），汝潁之閒師讀所作。今《禮》角旁單，古書或作角旁氏，則與觚字相近。學者多聞觚，寡聞觶，寫此書亂之，而作觚耳。又南郡太守馬季長說，一獻而三酬則一豆，豆當為斗，與一爵三觶相應。』按，《駁異義》從《韓詩》說，觶受三升，謂〈考工記〉觚三升，觚為觚誤。其注《考工記》同，其注《禮·特牲篇》云：『舊說爵一升，觚二升，觶三升，角四升，散五升。』謂《韓詩》說也。〈士冠禮〉注亦云：『爵三升曰觶。』而許云觶受四升，蓋從《周禮》不改字，觚受三升，則觶當受四升也。○按，馬季長說與一爵三觶相應，此觶字乃觚之誤。改觚為觶，始於鄭，馬不尒也。馬注《論語》云：爵一升，觚三升。觚觶，觶或从辰。辰聲而讀支義切，此如古祇、振多通用也。《考工記》疏引鄭駁《異義》云：『觶字角旁友，汝潁之閒師讀所作。』今本皆如是。友字無理，蓋辰之誤。《韻會》徑改友作『支』，云古作觗，於形聲合矣，而《玉篇》、《廣韻》、《集韻》、《類篇》、釋行均書皆有觚、觚，無觗，則不可信也。

觚觚，〈禮經〉觶。此謂古文《禮》也。鄭《駁異義》云：『今禮角旁單，古書或作角旁氏。』然則古文《禮》作觚。『或』之云者，改竄之後不盡一也。《燕禮》『媵觚于公。』鄭云：『酬之禮，皆用觶，言觚者，字之誤也。古者觶字或作角旁氏，由此誤耳。』按，

上文『主人北面盥，坐取觚洗。』注：『古文觚，皆爲觶。』此亦
謂古文作觚而誤。」（頁 189）

1、字形說明

觶字小篆作从角，單聲的觶，或作觗，古文作觝。

段注謂觶字，今文《禮》作觶，古文《禮》作觝，後遞變爲觗，爲觶，偏
旁雖異，而古音仍然同爲支義切。又，汝穎之間經師作有觓，从友無理，蓋
从辰之誤，《韻會》改作觓，於形聲較爲符合。許書釋觶爲「鄉飲酒觶」，段氏
以爲應作「禮飲酒爵」，因爲觶爲《儀禮》十七篇所通用，並不限於〈鄉飲酒
篇〉，且比照觚字以爵爲釋，比用本字觶爲釋，比用本字觶爲釋，較爲清楚。

2、器物形制

觶爲古代飲酒器，《禮記・禮器》：「尊者舉觶」注云：「三升曰觶」[註119]，
蓋沿《韓詩》說也。其制有圓腹侈口圈足而有蓋（如：圖 2-11.1 光觶），有口
橢圓者，有無蓋者，有腹旁有鋬者，多爲圓腹圓足侈口形，有鳥紋者、鳳紋者、
夔紋者、有獸面紋者。但鋬於出土實物圖片上均看不出來。

在《儀禮》中，主人酌酒敬賓稱爲「獻」、主人獻畢，賓回敬主人稱爲「酢」，
此兩者皆用「爵」，而主人復答敬賓稱爲「酬」，用「觶」，此「獻」、「酢」、「酬」
禮成，稱爲「壹獻之禮」[註120]。觶大多與爵一塊出土，如 1963 年的湖北黃
陂縣盤龍城發掘商代文化層和墓葬遺址出土青銅爵兩件，青銅觶一件[註121]，
或 1961 年河南鶴壁龐村出土西周早期鄉父爵三件，及青銅觶一件[註122]等，
可見其禮制上的相關性。出土文物主要是從商代到西周爲多，春秋時期逐漸減
少。

宋人所繪之《三禮圖》，觶與角、散三圖並列（見圖 2-11.4），並且非常相
似。觶之名爲宋人所定，銘文甚簡，多不稱器名。銘多在足內側或腹內。從商

〔註119〕漢・鄭玄注，唐・孔穎達等正義，《禮記正義》，頁 850。

〔註120〕姬秀珠：《儀禮飲食禮器研究》（台北：里仁書局，民國 94 年），頁 263～300。

〔註121〕湖北省博物館，〈1963 年湖北黃陂縣盤龍商代遺址的發掘〉（《文物》，1976 年），
　　　　頁 49。

〔註122〕周到、趙新來，〈河南鶴壁龐村出土的青銅器〉，（《文物資料叢刊》第三輯），頁
　　　　37。

代、西周至春秋時期皆有實物出土。除獸角外，後也多用木類或青銅制成。

圖 2-11.1　商代・光觶〔註123〕

圖 2-11.2　商代・鴟鴞紋觶，蓋鈕作柱形，腹飾鴟鴞紋，蓋飾夔紋〔註124〕

圖 2-11.3　西周成王・小臣單觶〔註125〕

〔註123〕容庚，《商周彝器通考》，頁428，圖五六九。

〔註124〕容庚，《商周彝器通考》，頁428，圖五七六。

〔註125〕馬承源，《中國古代青銅器》，圖版三十九。

圖 2-11.4 宋代《三禮圖》〔註126〕

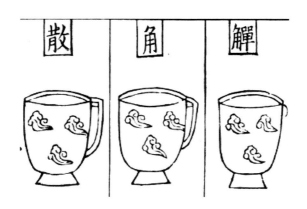

（六）觚

小篆
觚
頁 189

《說文》段注云：「觚觚，鄉飲酒之爵也。鄉，亦當作『禮』。〈鄉飲酒禮〉有爵、觶，無觚也。〈燕禮〉、〈大射〉、〈特牲〉皆用觚。**一曰，觴受三升者觚。**觚受三升，古《周禮》說也。言『一曰』者，許作《五經異義》時，從古《周禮》說，至作《說文》，則疑焉。故言『一曰』，以見古說未必盡是。則《韓詩》說觚二升未必非也。不先言『受二升』者，亦疑之也。上文觶實四升文，次於『從角，單聲』引《禮》之下，其意蓋與此同。或云，亦當有『一曰』二字。**從角，瓜聲。**古乎切，五部。」（頁 189）

1、字形說明

觚字小篆作從角，瓜聲的觚。

2、器物形制

觚為飲器，而非容器，其在古籍文獻中，如《周禮·冬官考工記》：「梓人為飲器。勺一升，爵一升，觚三升。獻以爵而酬以觶。」〔註127〕又如《儀

〔註126〕宋·聶崇義，宋淳熙二年刻本，《新定三禮圖》，頁 163。

〔註127〕漢·鄭玄注，唐·賈公彥疏，《周禮注疏》，頁 1334。

禮・特牲饋食禮》：「水在洗東。篚在洗西，南順，實二爵、二觚、四觶、一角、一散。壺、棜禁，饌於東序，南順。」〔註 128〕〈考工記〉謂勺、爵、觚等同爲飲器。在古書中皆與其他飲器並舉，非與容器併排，其功能應無疑義。《韓詩》：「二升曰觚。」與《考工記》說云：「觚三升」不同，可見古籍對於觚的容量解釋也不盡相同。

其形制，器如圓柱，兩端大而中小，腹以下四面有棱（如圖 2-12.1 亞妣已觚），有無四棱者（如圖 2-12.2 父癸觚），有腹下有小鈴者，有方者（如圖2-12.3），方觚爲罕見的觚制。又觚的銘文多刻於足之內側，但也有在口上者。另外，現代考古界所稱之「觚」，是沿用宋人制定舊名。但因觚之出土實物皆無其名，但的確爲飲酒器沒有問題的。出土實物觚與宋代《三禮圖》中所繪並不相似，可能是年代久遠，至宋代已無實物，只能憑傳世文獻想像。

圖 2-12.1　亞妣已觚，寶雞出土〔註 129〕

圖 2-12.2　父癸觚，腹足有饕餮紋〔註 130〕

〔註 128〕漢・鄭玄注，唐・賈公彥疏，《儀禮注疏》，頁 1025。

〔註 129〕容庚，《商周彝器通考》，頁 428，圖五五七。

〔註 130〕容庚，《商周彝器通考》，頁 428，圖五六三。

圖 2-12.3　殷墟中期，黃觚〔註 131〕

圖 2-12.4　宋代《三禮圖》〔註 132〕

第二節　水　器

　　《說文》中的水器有：鑑、盂、盆、槃、匜、斗，共六種。鑑、盂、盆是為盛水之用，槃、匜則為成套的盥洗器具，一為承水器、一為注水器，斗則為舀水器。本節依盛水、盥洗、舀水功用的順序安排字例。

（一）鑑（鑒）

甲骨文	金文	金文	金文	包山楚簡	包山楚簡	小篆
（字形）	（字形）	（字形）	（字形）	（字形）	（字形）	（字形）
0639	攻吳王鑑	智君子鑑	吳王光鑑	263	277	頁 710

　　小徐：「臣鍇按：《周禮》曰：『春始治鑒。』注曰：『如甄大口。』」

〔註 131〕馬承源，《中國古代青銅器》，圖版二十八。

〔註 132〕宋・聶崇義，宋淳熙二年刻本，《新定三禮圖》，頁 162。

鑒諸，鏡也。一曰石也。各撕反。」

《說文》段注：「鑑<glyph>，大盆也。盆者，盎也。《凌人》：『春始治鑑。』注云：『鑑如甀，大口，以盛冰，置食物於中，以禦温氣，春而始治之。』按，鄭云『如甀』，《醢人》作醯，云『塗置甀中。』則鑑如今之甕。許云大盆，則與鄭説不符。疑許説爲是。且字從金，必以金爲之也。從金，監聲。革懺切，八部。一曰，鑑諸，逗。可吕取朙水於月。鑑諸，當作『鑑，方諸也』。轉寫奪字耳。《周禮‧司烜氏》：『以夫遂取明火於日，以鑒取明水於月。』注：『夫遂，陽遂也。鑒，鏡屬。取水者，世謂之方諸。』《淮南書》：『方諸見月則津而爲水。』高注：『方諸，謂陰燧大蛤也。孰摩令熱，月盛時以向月下，則水生，以銅盤受之，下水數滴。』高説與許、鄭異。《考工記》以『鑒燧之齊』併言，則鑑之爲鏡可知也。鄭云『鏡屬』，又注《考工記》云：『鑒亦鏡也。』《詩》云：『我心匪鑒。』毛傳曰：『鑒所以察形。』葢鏡主於照形，鑑主於取明水，本系二物，而鏡亦可名鑑，是以經典多用鑑字，少用鏡者。鑑亦叚『監』爲之，是以《毛詩》『宜鑒於殷』，《大學》作『儀監』。鄭箋《詩》云：『以殷王賢愚爲鏡。』注《大學》云：『監視殷時之事。』各依文爲説而已。《尚書》監字，多有同鑒者。」（頁710）

1、字形説明

鑑，又作鑒。鑑字，甲骨文作不從金的<glyph>（0639），《金文編》有〈攻吳王鑑〉不從金的<glyph>，後加金部作鑑，如〈智君子鑑〉<glyph>，及〈吳王光鑑〉作<glyph>，包山楚簡作<glyph>（263）、<glyph>（277），小篆作<glyph>。

2、器物形制

鑑，爲古代盛水之大器皿，可從其部首瞭解是以銅爲材料，古籍中記載其用途分爲三種：

（1）盛水、盛冰、盛酒器，如《周禮‧天官冢宰‧凌人》：「掌冰政。歲十有二月，令斬冰，三其凌。春始治監，凡外內饔之膳羞，監焉。凡酒、漿之酒醴亦如之。祭祀，共冰監。賓客，共冰。大喪，共夷盤冰。夏，頒冰掌事。秋，

刷。」鄭玄注：「鑑如甄，大口以盛冰，置食物於中，以禦溫氣。」〔註133〕可知鑑有時可兼盛冰，可以將食物置入保鮮，形如大缸。

（2）沐浴器，如《莊子・則陽篇》中說：「夫靈公有妻三人，同濫而浴。」〔註134〕濫顯然為沐浴之器。《釋文》云：「鑑，浴器也。」〔註135〕濫與鑑同。從金言其質，從水言其用〔註136〕。

（3）與鏡同，如郭沫若指出：「古人亦以鑑正容，在未以銅為鑑之前，乃鑑之以水。……揆其制當以監盛淨水而為之。……古金文中之鑑字……象人立於皿旁凝目而鑑於皿。皿即鑑也。」〔註137〕

《說文》作「鑑，大盆也。」鑑為大口的盆子，從出土實物可知，鑑有圓形與方形兩種，有無耳、兩耳或四耳，無足、圈足等區別，體制不一。鑑原為陶質，即為陶盆，到春秋中期後才出現青銅製的銅鑑，現存之出土實物多為春秋戰國之物。鑑多為平底。有的鑒還附有匜，據史籍記載，古人間有用它來沐浴，也可作為盥器。盛行於春秋晚期和戰國時代〔註138〕。湖北曾侯乙墓所出土的銅冰鑑是為方鑑，其上有龍形作裝飾，又四足為獸形，可見當時手工技術的細膩、進步。該物出土時帶有長柄銅杓，是為舀酒用具，為當時的新技術失蠟法〔註139〕溶模的鑄造工藝極品。

〔註133〕漢・鄭玄注，唐・賈公彥疏，《周禮注疏》，頁 154～155。

〔註134〕黃錦鋐，《新譯莊子讀本》（台北：三民書局，1974 年 1 月），頁 301。

〔註135〕唐・陸德明，《經典釋文》（台北：鼎文書局，1972 年），頁 396。

〔註136〕李孝定，《金文詁林讀後記》卷十四。

〔註137〕郭沫若，《殷墟青銅器銘文研究》，《郭沫若全集第四卷》（北京：科學出版社，2002 年），頁 116。

〔註138〕馬承源，《中國古代青銅器》，頁 152

〔註139〕失蠟法：先用蠟、油等作成器物的模型，外面塗上耐火的材料拌成的細泥漿，使凝固成型。澆注銅液時，蠟、油遇熱流出，銅液冷卻後即成為帶有繁縟花紋的鑄件。（引自中國國家博物館，《文物春秋戰國史》，北京：中華書局，2009 年，頁 56。）

圖 2-13.1　吳王光鑑〔註140〕

圖 2-13.2　銅冰鑑，戰國，曾國冰酒器，1978 年湖北曾侯乙墓出土〔註141〕

（二）盂

甲骨文	甲骨文	甲骨文	金文	金文	金文	小篆
（字形）	（字形）	（字形）	（字形）	（字形）	（字形）	（字形）
甲 357	37398（A13）	前 5.5.6，盂之或體	伯盂	齊梁壺	蘇公作王妃盂簋	頁 213

小徐：「臣鍇按：《史記》：田蚡學孔甲盤盂諸書。謂盤盂之刻銘也。員涓反。」

《說文》段注：「盂（字形），飲器也。飲，大徐及《篇》、《韵》、《急就篇》注作『飯』，誤。小徐及《後漢書》注、《御覽》皆作飲，不誤。木部『桙，木也。可屈爲杅者。』杅卽盂之假借字。《旣夕禮》『兩敦兩杅』注：『杅盛湯漿。』《公羊傳》：『古者杅不穿。』何注：『杅，

〔註140〕中國國家博物館，《文物春秋戰國史》，北京：中華書局，2009 年，頁 25。

〔註141〕湖北省博物館編，《隨縣曾侯乙墓》，圖版五〇。

飲水器。』《孫卿子》曰：『槃圓而水圓，杅方而水方。』《史記・
滑稽傳》：『操一豚蹏、酒一盂而祝。』《後漢書・孝明紀》：『盂水
脯糒而巳。』《方言》：『盂，宋楚魏之閒或謂之盌。』又曰：『盂謂
之柯。』又曰：『盂謂之櫨。』河濟之閒謂之㿿盞。又曰：『盂謂之
銚鋭。』从皿，亏聲。羽俱切，五部。」（頁 213）

1、字形說明

《甲骨文編》、《續甲骨文編》及《甲骨文字編》中收錄許多甲骨文，大
多呈 𤔔（甲三五七）狀，或呈 𤔦（37398）[註142] 狀，唯有 𤬰 [註143]（前五・
五・六）下方無皿的部件，爲盂之或體。金文大多呈 𤬱（伯盂）狀，下象盂
形，上爲聲符于。唯有 𤭯〈齊梁壺〉、 𤬲〈蘇公作王妃盂簋〉[註144] 上从芎不
从羊，而非于，當是盂之別體異文 [註145]，古文字形符聲符多複多變，不足
爲異。小篆作 𤬳。

大徐本釋盂爲「飯器也。」[註146] 小徐本 [註147] 及段注均改正，作飲器。
段注云：「飲，大徐及《篇》、《韵》、《急就篇》注作『飯』，誤。小徐及《後
漢書注》、《御覽》、皆作『飲』，不誤。」

2、器物形制

盂是大型的盛飯或盛水器，《韓非子・外儲說左上》：「孔子曰：『爲人君
者猶盂也，民猶水也，盂方水方，盂圓水圓。』」[註148] 其基本形制爲：圓腹
侈口方唇，腹壁較直，口下兩側有對稱的圓形耳（如圖 2-14.1 殷墟婦好墓好
銅大型盂），或長方附耳，或廣唇圈足而無耳者（如圖 2-14.2 饕餮圓渦紋盆），
或廣唇兩耳而無足者（如：圖 2-14.3 西周後期伯索史盂），或頸飾夔紋一圈兩

[註142] 李宗焜，《甲骨文字編》（北京：中華書局，2012 年），頁 1019。

[註143] 中國科學院考古研究所編，《甲骨文編》，頁 226。

[註144] 容庚，《金文編》，頁 338。

[註145] 清・方濬益〈王子申盞盂蓋〉，《綴遺齋彝器款識考釋》，卷二十八，上海：商務印
書館，1935 年。

[註146] 唐寫本宋刊本《說文解字》（台北：華世出版社印行，民國 71 年），頁 171。

[註147] 南唐・徐鍇，《說文解字繫傳》（北京：中華書局，2011 年），頁 95。

[註148] 清・王先慎撰，鍾哲點校，《韓非子集解》（北京：中華書局，2003 年），頁 285。

耳，腹遍飾夔紋、鱗紋，腹內耳部有圓渦紋紐。從商代到西周盛行。

圖 2-14.1　殷墟婦好墓好銅大型盂〔註149〕

圖 2-14.2　商代饕餮圓渦紋盆〔註150〕

圖 2-14.3　西周後期伯索史盂〔註151〕

〔註149〕中國社會科學院考古研究所編，《殷墟婦好墓》（北京：文物出版社，1980 年），
　　　　彩版 11。

〔註150〕容庚，《商周彝器通考》，圖九八九。

〔註151〕容庚，《商周彝器通考》，頁 473。

（三）盆

金文	金文	小篆
𥃈	𥃇	𥃈
曾大保盆	彭子中盆	頁 214

《說文》段注：「盆𥃈，盎也。《廣雅》：『盎謂之盆。』《考工記》：
『盆實二鬴。』从皿，分聲。步奔切，十三部。」（頁 214）

1、字形說明

盆字的金文分為兩種，一是作分下之刀字右向如〈曾大保盆〉的𥃈，另一
則是分下之刀字左向如〈彭子中盆〉的𥃇〔註152〕。因為古文字尚未標準化，故
筆畫方向尚未定型。小篆作从皿，分聲的𥃈。

2、器物形制

盆的基本型制是侈口，深圓腹，兩耳，有的有蓋，無底座。青銅盆盛行
於春秋時期。《儀禮‧士喪禮》：「新盆，槃，瓶，廢敦，重鬲，皆濯，造於西
階下。」鄭玄注：「盆以盛水。」〔註153〕可知盆是盛水的器具。《周禮‧冬官
考工記》：「盆，實二釜，厚半寸，唇寸。」〔註154〕其狀斂口廣脣，兩耳無足
（如圖 2-15.1：曾大保盆），也有斂頸侈口者（如圖 2-15.2：象首紋盆），多
布滿紋飾，如雲雷紋、斜角鉤連紋及倒三角鉤、象首紋或蟬紋等。特別的是
東周時期的三角鉤連紋盆，其獸耳為一帶角張嘴異獸，其身軀入另一隻帶角
異獸之口，器耳下帶有一環。有耳之盆，耳上多飾有異獸，盆之銘文多刻於
腹內。春秋時期出土的盆較多。出土青銅盆自名有「飲盆」、「飧盆」等，所
謂「飧」就是晚飯，也就是盛飯的器皿，可知盆既可盛水又可盛飯。

〔註152〕容庚，《金文編》，頁 341。

〔註153〕漢‧鄭玄注，唐‧賈公彥疏，《儀禮注疏》，頁 772。

〔註154〕漢‧鄭玄注，唐‧賈公彥疏，《周禮注疏》，頁 1326。

圖 2-15.1　春秋時期・曾大保盆 〔註155〕

圖 2-15.2　春秋時期・象首紋盆 〔註156〕

（四）盤（槃）

甲骨文	金文	金文	金文	籀文	古文	小篆
戩45.1	兮甲盤。不从木，般字重見	虢季子白盤	伯侯父盤	籀文從皿	古文從金	小篆從木

《說文》段注：「槃，承槃也。承槃者，承水器也。《內則》曰：
『進盥，少者奉槃，長者奉水，請沃盥。』《左傳》曰：『奉匜沃盥。』
《特牲經》曰：『尸盥，匜水實于槃中。』古之盥手者。以匜沃水，
以槃承之，故曰承槃。《內則》注曰：『槃，承盥水者。』〈吳語〉

[註155] 容庚，《商周彝器通考》，圖八八○。

[註156] 容庚，《商周彝器通考》，圖八八三。

注曰：『槃，承盥器也。』《大學》，湯之盤銘曰：『苟日新，日日新，
又日新。』正謂刻戒於盥手之承槃，故云『日日新』也。古者晨必
洒手，日日皆然，至於沐浴靧面，則不必日日皆然。據《內則》所
云知之。槃引伸之義，爲凡承受者之偁。如《周禮》『珠槃』、『夷
槃』是也。從木，般聲。薄官切，十四部。鎜鎜，古文從金。蓋古
以金，後乃以木。盤盤，籀文從皿。今字皆作盤。」（頁263）

1、字形說明

甲骨文作 𣪊 〔註157〕，金文有不从木之〈兮甲盤〉𣪊 〔註158〕，與《說文》
籀文從皿相同〈虢季子白盤〉之𣪊，與《說文》古文從金相同〈伯侯父盤〉
之𣪊，可見《說文》之古文、籀文其來有自。小篆作槃，古文作鎜，籀文作
盤。

2、器物形制

段氏注《說文》：「承槃者、承水器也。」槃即爲盤字，槃、盤，盛水器，
直沿，平底，圈足，殷、周之際的盤多無耳，西周中期以後的盤有獸耳或附
耳，圈足下則另附獸形足，也有飾人負荷狀。《禮記‧內則》：「進盥，少者奉
槃，長者奉水，請沃盥，盥卒授巾。」鄭注：「槃，承盥水也。」〔註159〕可
知盤與匜爲一套盥洗用具，用匜澆水洗手，用槃承之。古禮祭祀前，有沃盥
的禮節，以昭其潔，故槃也爲禮器之一。

槃的形制多是圓口、淺壁、圈足、口徑較大，兩旁無耳或有耳，多飾有
魚、龍、龜等會游泳的動物圖象於槃中，如：殷墟婦好墓銅盤底、春秋早期
魚紋盤，槃大多爲中小型，至於巨型的虢季了白盤是特例，其用途可能與大
鑑相似〔註160〕。戰國早期所出之牛犢立人盤，造型較爲特別，盤下有一人騎
於牛上，手裡撑著有洞孔的盤，推測其盤作用已經不是供洗水之用。

〔註157〕中國科學院考古研究所編，《甲骨文編》，頁385～386。

〔註158〕容庚，《金文編》（北京：中華書局，1985年），頁397。

〔註159〕漢‧鄭玄注，唐‧孔穎達等正義，《禮記正義》，頁969。

〔註160〕馬承源，《中國古代青銅器》，頁152

圖 2-16.1　婦好墓銅盤〔註 161〕

圖 2-16.2　婦好墓銅器盤底〔註 162〕

圖 2-16.3　西周宣王〔註 163〕

〔註161〕中國社會科學院考古研究所編，《殷墟婦好墓》（北京：文物出版社，1980 年），
　　　　圖版 61。

〔註162〕中國社會科學院考古研究所編，《殷墟婦好墓》，頁 33。

〔註163〕馬承源，《中國古代青銅器》，圖版 57。

圖 2-16.4　春秋早期魚龍紋盤 〔註 164〕

圖 2-16.5　戰國早期牛犢立人盤 〔註 165〕

圖 2-16.6　曾侯乙墓出土青銅尊盤 〔註 166〕

〔註 164〕馬承源，《中國古代青銅器》，圖版 60。

〔註 165〕馬承源，《中國古代青銅器》，圖版 71。

〔註 166〕湖北省博物館編，《隨縣曾侯乙墓》，圖版五四。

（五）匜

甲骨文	甲骨文	金文	金文	金文	金文	小篆
 甲 3337	 甲 2841	 不從匚，子仲匜	 從皿，弔上匜	 從金，中友父匜	 從金從皿，陳子子匜	 頁 642

《說文》段注：「匜▨，侣羹魁。斗部曰：『魁，羹枓也。枓，勺也。』匜之狀似羹勺，亦所以把取也。**柄中有道。可㠯注水酒。**道者，路也。其器有勺，可以盛水、盛酒，其柄空中，可使勺中水酒自柄中流出，注於盥槃及飲器也。《左傳》：『奉匜沃盥。』杜曰：『匜，沃盥器也。』此注水之匜也。《內則》：『敦牟卮匜，非餕莫敢用。』鄭曰：『卮匜，酒漿器。』此注酒之匜也。今大徐本無酒字，小徐有之，《韵會》刪『酒』而以『盥器』二字冠於『似羹魁』之上，妄甚。若《左傳》釋文引《說文》無酒字，因經注但言盥耳。**從匚，**此器蓋亦正方。**也聲。**此形聲中有會意。從也者，取其流也。移尒切，按，《篇》、《韵》平聲，古音十六、十七部皆可讀。」（頁 642）

1、字形說明

《甲骨文編》沒有收錄匜字，《續甲骨文編》中有象一匜一槃，奉匜注水于盤的 ▨（甲 3337）、▨（甲 2841）。劉釗在《古文字構形學》中提到，

> 一般認爲「▨」像匜形。我們認爲▨形下部爲「皿」，上部「▨」形（下部與皿字共劃借筆）應是兔字之省。金文▨作「▨」「▨」形，▨字作「▨」，所從兔頭形與匜字上部形體全同。匜字從「兔」，應是將「也」聲改成了「兔」聲，同時借用了「皿」字的筆劃進行改造。古音匜在喻紐歌部，兔在透紐魚部，而從兔得聲的逸即在喻紐，故可知匜又可從「兔」得聲〔註167〕。

其說頗有創意，然猶未足以成爲定論。

金文除了〈子仲匜〉爲初文「也」之外，其餘匜字均以初文「也」爲聲符，加形符以表示類別。其形計有不從匚、從皿、從金、從金從皿四種類型；

〔註167〕劉釗，《古文字構形學》（福州：福建人民出版社，2006 年），頁 89。

不从匚者有〈子仲匜〉的 ；从皿者從功用來造字，如：〈弔上匜〉的 ；从金者從材料來造字，如：〈中友父匜〉的 ；既从金又从皿者，兩者兼具，如〈陳子子匜〉〔註168〕的 。小篆則作从匚的 。

2、器物形制

其形制，段注有云：「其器有勺，可以盛水盛酒。其柄空中。可使勺中水酒自柄中流出，注於盥槃及飲器也。」可見其為勺水酒之飲器。容庚云：「『匜』形似瓢，大概也是由『半瓠』演化而來的，只是加鋬或加足、加蓋而成。其型制有三足、四足、無足、圈足之別，其時代皆在西周後期以後。」〔註169〕由此可知，形似瓢而有流，下承四足或三足（如圖二曾侯乙墓三足匜），後有龍形的鋬。戰國時期匜容體呈橫向的橢圓〔註170〕。又《儀禮・既夕禮》：「用器：弓矢，耒耜，兩敦，兩杅，槃，匜。匜實於槃中，南流。」注云：「槃匜，盥器也。」〔註171〕《儀禮・士虞禮》：「匜水錯於槃中，南流，在西階之南，篚巾在其東。」〔註172〕此與曾侯乙墓出土之盤槃和匜〔註173〕相符，兩者關係密不可分。匜的作用是注水洗手，下以槃盛之。古代宴饗直接用手取食，所以盥洗器是不可少的。

圖 2-17.1　曾侯乙墓・盤和匜〔註174〕

〔註168〕容庚，《金文編》，頁 843～844。

〔註169〕容庚、張維持，《殷周青銅器通論》（台北：康橋出版公司，1986 年），頁 67～68。

〔註170〕馬承源，《中國古代青銅器》，頁 152。

〔註171〕漢・鄭玄注，唐・賈公彥疏，《儀禮注疏》，頁 854。

〔註172〕漢・鄭玄注，唐・賈公彥疏，《儀禮注疏》，頁 922。

〔註173〕湖北省博物館，《隨縣曾侯乙墓》，圖六一。

〔註174〕湖北省博物館，《隨縣曾侯乙墓》，圖六一。

圖 2-17.2　曾侯乙墓·三足匜〔註175〕

（六）斗

甲骨文	甲骨文	金文	陶文	小篆

甲 2	337	秦公簋	3.1029	頁 724

《說文》段注：「斗，十升也。賈昌朝作『升十之也』。此篆段借爲斗陡之斗，因斗形方直也。俗乃製『陡』字。象形，有柄。上象斗形，下象其柄也。斗有柄者，蓋象北斗。當口切，四部。許說俗字『人持十爲斗』，魏晉以後作升，似升非升，似斤非斤，所謂人持十也。凡斗之屬皆从斗。」（頁 724）

1、字形說明

斗的甲骨文爲獨體象形，象一舀酒的工具之形，上爲斗杯，下爲斗柄。如《續甲骨文編》，（甲 2）、（337）。金文的構字原理與甲骨文一脈相承，如〔註176〕（秦公簋）。陶文與金文相似，作（3.1029）。小篆將斗杯的兩沿分爲兩斜面，再加上斗柄上的一個短橫，排成相同長短的三個斜面，就比較看不出來原本的意思了。小篆作。

段注云：「象形。有柄，上象斗形，下象其柄也。斗有柄者，蓋象北斗。……許說俗字人持十爲斗，魏晉以後作升，似升非升，似斤非斤，所謂人持十也。」可見其物與其字形之關聯性，漢代之人訛解，將斗說成是「人持十爲斗」，許慎正其意。出土商周時代的青銅器也與斗字相似，呈圓形，有曲柄。

〔註175〕湖北省博物館，《隨縣曾侯乙墓》，圖六一。

〔註176〕容庚，《金文編》，頁928。

因北斗七星和南斗七星等星的排列似斗，所以古代的人就稱其爲「北斗」或
「南斗」，如《詩經・小雅・大東》：「維北有斗、不可以挹酒漿。」〔註177〕《楚
辭・九歌・東君》云：「操余弧兮反淪降，援北斗兮酌桂漿。」〔註178〕漢代董
仲舒的《春秋繁露・奉本》云：「星莫大於大辰，北斗常星。部星三百，衛星
三千。」〔註179〕可知天上星座之形狀與舀酒之器之相似。

　　《說文》釋斗爲「十升也。」已是其引申義。《詩經・行葦》：「酌以大斗。」
爲本義舀酒器也，《經典釋文・毛詩音義下》云：「字又作枓。」後加上木部，
《說文》作：「枓，勺也。」（頁 263）「枓」字表本義，顯示斗原爲勺子，爲
舀液體的器具，後爲量器功能，一斗爲十升。可知斗、枓、勺三字義同。

2、器物形制

　　斗的用途，歷來在學界中有幾種解釋：主要以斗爲酒器說，另一則是斗爲
大酒杯、另外裘錫圭則是主張斗爲容量單位〔註180〕。筆者認爲斗的本義爲舀酒
之勺，後來用來盛酒的器皿皆稱作斗，後引伸爲容量單位。

　　酌酒時用勺，勺有長柄及短柄兩種〔註181〕，長柄的有如長沙馬王堆1號墓
出土的似應名斗（如圖三），短柄的如陶勺（如圖二）。

圖 2-18.1　殷墟婦好墓銅方孔斗〔註182〕

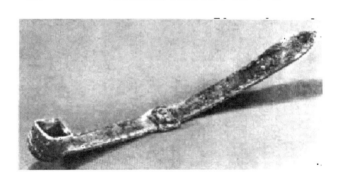

〔註177〕漢・毛亨傳，漢・鄭玄箋，唐・孔穎達疏，《毛詩正義》，頁922。

〔註178〕宋・洪興祖撰，《楚辭補注》（北京：中華書局，2006年），頁75～76。

〔註179〕漢・董仲舒撰，淩曙注，《春秋繁露》（北京：中華書局，1975年），頁341～342。

〔註180〕裘錫圭，《中國出土古文獻十講》（上海：復旦大學出版社，2004年），頁119。

〔註181〕孫機，《漢代物質文化資料圖說》（增訂本），頁363。

〔註182〕中國社會科學院考古研究所編，《殷墟婦好墓》，圖版五十九。

圖 2-18.2　陶勺

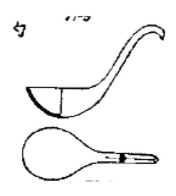

圖 2-18.3　長沙馬王堆三號墓出土，漆勺〔註183〕

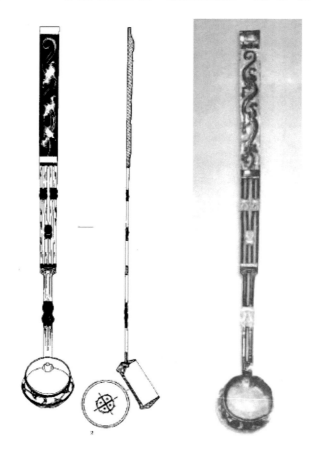

第三節　食　器

　　人類大約一萬兩千年前開始燒造陶器。最早用於盛水。很可能先用陶器（如陶鼎、陶鬲等）將生食煮熟，以供人們享用。後來夏代、商代逐漸發現

〔註183〕湖南省博物館編，《長沙馬王堆二三號漢墓・第一卷田野考古發掘報告》，頁124、
　　　　圖六九。

青銅制造技術，統治階級便改用青銅器製成食器。宋鎮豪在《夏商社會生活史》中提到，

> 特別是青銅容器，自產生之日起，即成爲社會等級名分制度的重要物質標志，賦予了「明貴賤，辨等列」的特殊時代意義，被視爲「器之藏禮」的所謂名物禮器。禮器是從日常生活用器中獨立出來的，具有一定的禮制功能，盛載禮制意義的的器物〔註184〕。

禮器主要用於貴族宴飲及祭祀場合，可以從各種食器的數量多寡來看出其身分地位，是爲「寓食於禮」的具體體現。本論文將食器分爲兩大類，一是盛食器，有豆、簋、簠、盨、皿共五字，二是蒸飯器，以鼎、鬲爲主，有鼎、鬲、甗、甑四字。俎在朱鳳瀚《古代中國青銅器》一書中獨立爲切肉器，匕則被朱鳳瀚獨立列在挹取器中，本論文將匕和俎二字置於此節最末附錄。本節共考釋十一字。

一、盛食器

（一）豆

甲骨文	甲骨文	金文	古文	小篆
（圖）	（圖）	（圖）	（圖）	（圖）
乙 7978 反	18634（後 2.7.14，AB）	散盤		頁 209

《說文》段注：「豆，古食肉器也。〈考工記〉曰：『食一豆肉，中人之食也。』《左傳》曰：『四升爲豆。』《周禮・醢人》：『掌四豆之食。』从口，音圍。象器之容也。象形。上一象幎也。〈特牲〉『籩巾以綌纁裏』，《士昏》『醯醬二豆，菹醢四豆，兼巾之』，〈士喪〉『籩豆用布巾』是也。下一象丌也。〈祭統〉注曰：『鐙豆下跗』是也。〢象骹也。〈祭統〉曰『夫人薦豆，執校。』校者，骹之假借字，注云『豆中央直者』是也。豆柄一而已。兩之者，望之則兩也。畫繪之法也。〈考工記〉曰：『豆中縣。』注：『縣繩正豆之柄』是

也。豆柄直立，故豎、侸、豈字皆从豆。徒候切，四部。凡豆之屬皆从豆。**�宐**古文豆。鍇本如此作。《玉篇》亦曰『昰，古文』，當近是。」（頁209）

1、字形說明

甲骨文象豆型器的模樣**昰**〔註185〕（乙七九七八反）、《甲骨文字編》於豆字（3526）後一字號3527收錄作上方多一手拿取豆型器內食物的**�**〔註186〕，按其凡例說明，此書爲字形相近或相關之字放在一起，字碼之前未有楷書者爲尙未隸定，故**�**字或象未闔蓋之豆、或爲段注所謂「上一象幎也」，將幎布蓋於豆型器上方之形，又段注引《特牲》「籩巾以綌繡裏」之籩字，《說文》解作「竹豆也。」段注：「豆，古食肉器也。木豆謂之梪。竹豆謂之籩。《周禮·籩人》：「掌四籩之實。」注曰：「籩、竹器如豆者，其容實皆四升。」

金文象豆形器作**宐**〔註187〕（散盤），小篆作**豆**，象形。高田忠周認爲：「**ロ**其體也。故或作**○**，一所盛之肉意，指事也。又**ロ**上一橫即象蓋也。又**ロ**下作**冂**或作**廾**，以象豆脛也。」〔註188〕（《古籀篇》二十二）依字釋物，頗爲詳細。古文豆作**宐**，小篆與今日使用楷書相似，作**豆**。甲骨文、金文、小篆皆作象形，但《說文》从**○**，非是。

2、器物形制

豆的形制可分爲兩種，一爲圓形豆，另一爲東周楚墓特有的方豆。圓豆的器形分爲兩種：一是腹淺如盤，無蓋與耳，有蓋者（如：圖一厚氏元豆），有圓腹長校者（如：圖二鑄客豆），刻有銘文；另一是腹圓口弇，有蓋與耳，沒有刻銘文。二者雖異，然其有校（豆中央直者），有鐙（豆下附），可以執，則一也。下圖中的豆均爲圓形豆，有高足，可持握，放置地面便於坐姿者取用，是適應席地而坐生活方式的設計。

在東周的楚墓中還有一種具方形盤的豆形器，簡稱爲方豆，除銅質外，還

〔註185〕中國科學院考古研究所編，《甲骨文編》，頁221。

〔註186〕李宗焜，《甲骨文字編》，頁1090。

〔註187〕容庚，《金文編》，頁330。

〔註188〕李圃主編，《古文字詁林》第五冊（上海：上海教育出版社，2001年12月01日），頁98。

見有陶質及漆木質的，其流行的年代從春秋晚期一直到戰國中晚期都可見到。
從器形而論，各種質地的方豆，都大體相同，即豆柄上所承的盤及盤上所承的
蓋都作覆斗狀的方形，蓋與盤的大小、形制都相同〔註189〕。

　　豆在新石器時代晚期已出現，外形似高腳盤，早期是陶制，後來也有木
制、銅制的。青銅豆出現在商代晚期，盛行於春秋戰國。出土的青銅豆比較
少，可能是因爲當時人們多用陶豆、漆豆和竹木質豆，少用銅豆，而竹木之
類又不易留存的結果〔註190〕。

　　豆是專備盛放醃菜、肉醬等和味品的器皿。《說文》：「古食肉器也。」豆也
可以放置肉食。河北藁城台西商墓 M105 出土陶豆內有雞骨，殷墟出土陶豆內
也有其它獸類骨頭〔註191〕，可證《說文》豆爲食肉器之說。

　　高明認爲：「蓋豆的功用與盛醃醢的盤豆不同，洛陽燒溝戰國墓出土的陶豆
中，常有粟米殘餘，說明它的用途與簋相近，屬於盛食器之一種。」〔註192〕也
可證明豆同時以可以作爲盛裝糧食的器具。

　　古籍中提到根據不同的材質，豆的名稱也有細微的差別，如《周禮・天
官冢宰》：「醢人，掌四豆之實。朝事之豆，其實……。」〔註193〕《爾雅・釋
器》：「木豆謂之豆，竹豆謂之籩，瓦豆謂之登。」〔註194〕豆是禮器，籩也是
禮器，木曰豆、瓦曰登，散則皆名豆，所以說「瓦豆謂之登」。《詩・大雅・
生民》：「卬盛於豆。」〔註195〕豆也是禮器的一種，常以偶數組合使用，故有
「鼎俎奇而籩豆偶」的說法，但是也有使用奇數組合的。用豆之數，在《周
禮・掌客》中有詳細記載：「凡諸侯之禮，上公……豆四十，侯伯……豆三十
有二，子男……豆二十有四。」〔註196〕《考工記》：「食一豆肉，飲一豆酒。

〔註189〕黃鳳春，〈說方豆與宥坐之器〉，《江漢考古研究》2011 年第一期（總118 期），頁85。

〔註190〕馬承源，《中國青銅器》（上海：上海古籍出版社，1988 年7 月），頁156。

〔註191〕宋鎮豪，《夏商社會生活史》，頁266～277。

〔註192〕高明，《中原地區東周時代禮器研究》（上、中、下）（《考古與文物》，1981 年第2
　　　　～4 期）。

〔註193〕漢・鄭玄注，唐・賈公彥疏，《周禮注疏》，頁163。

〔註194〕晉・郭璞注，宋・邢昺疏，《爾雅注疏》，頁148～150。

〔註195〕漢・毛亨傳，漢・鄭玄箋，唐・孔穎達疏，《毛詩正義》，頁1265。

〔註196〕漢・鄭玄注，唐・賈公彥疏，《周禮注疏》，頁1213～1217。

中人之食也。」〔註197〕中人是指普通人，是說吃一豆的肉，飲一豆的酒是普通人的食量。可見「豆」是以一般人的食量爲標準所製成的容器。《考工記》：「豆，容器名。實三而成觳，崇尺。」〔註198〕是說觳是豆容積是三倍。

　　總而言之，豆除了是古人日常生活中使用的盛食器外，不只是作食肉器使用，同時也被當作祭祀時使用的禮器之一。

圖 2-19.1　春秋戰國時期，厚氏元豆〔註199〕

圖 2-19.2　春秋戰國時期，鑄客豆〔註200〕

（二）簋

甲骨文	甲骨文	金文	金文	金文	金文
甲 878	存下 764	𣪊簋	且戌簋	師虎簋	

〔註197〕劉道廣、許暘、卿尚東，《圖證考工記：新注・新譯及其設計學意義》（東南大學，2012 年 3 月），頁 87～88。

〔註198〕劉道廣、許暘、卿尚東，《圖證考工記：新注・新譯及其設計學意義》，頁 83

〔註199〕容庚，《商周彝器通考》，圖三九九。

〔註200〕容庚，《商周彝器通考》，圖四〇二。

古文	古文	古文	小篆
圖	圖	圖	圖
從匚食九	從匚軌	頁 193	頁 193

《說文》段注:「簋簋,黍稷方器也。《周禮・舍人》注曰:『方曰
簠,圓曰簋。盛黍稷稻粱也。』〈掌客〉注曰:『簠,稻粱器也。簋,
黍稷器也。』〈秦風〉傳曰:『四簋,黍、稷、稻、粱也。』按,毛
意言簋可以該簠,鄭注則據《公食大夫禮》分別所盛也。許云簋方、
簠圓,鄭則云簋圓、簠方。不同者,師傳各異也。《周易》:『二簋
可用享。』鄭注云:『〈離〉為日,日體圓。〈巽〉為木,木器圓,
簋象。』〈聘禮〉『竹簋方』注云:『竹簋方者,器名。以竹為之,
狀如簋而方。』賈疏云:『凡簋皆用木而圓,此則用竹而方,故云
如簋而方。』宋刻單行疏內『簠』字凡四見,今本依《釋文》改經
注疏皆作『簋』字,非也。巳上可證鄭確謂簋為圓器。《周禮》疏
云:《孝經》陳其簠簋,注云:『內圓外方受斗二升者,直據簠而
言,若簋則內方外圓。』〈孝經〉鄭注,說者謂鄭小同之注也。賈
所引文亦不完,則無用湨求矣。而〈秦風〉釋文有『內圓外方曰簠,
內方外圓曰簋』之文,蓋本《孝經》注。〈聘禮〉釋文則又方圓字
皆互易之,自相乖剌。聶崇義曰:『舊圖云,內方外圓曰簠,外方
內圓曰簋。』與〈秦風〉音義合。《廣韵》曰:『內圓外方曰簠。』
歐陽氏《集古錄》曰:『簠外方內圓。』與〈聘禮〉音義合。攷圓
器之內為之方,方器之內為之圓,似以木、以瓦、以竹皆難為之,
他器少如是者,恐《孝經》注不可信。許鄭皆所不言也。鄭注《禮》
曰:『飾蓋象龜。』蓋者意擬之詞。注〈禮器〉云:『大夫刻為龜形』,
可證也。聶氏、陳氏《禮圖》皆於蓋頂作一小龜,誤解一蓋字耳。
見《考工記圖》。從竹皿皀。合三字會意。按,簋古文或從匚,或
從木。蓋本以木為之,大夫刻其文為龜形,諸侯刻龜而飾以象齒,
天子刻龜而飾以玉。其後乃有瓦簋,乃有竹簋方,因製從竹之簋字。
木簋、竹簋、禮器瓦簋,常用器也。皀穀之馨香。謂黍稷也。居洧

切。古音在三部。讀如九。**軌**，古文簋。从匚食九。各本作『从匚飢』，飢非聲也。从方，从食，九聲也。**軌**，古文簋。从匚軌。按，許說簋爲方器，蓋以古文从匚也。軌聲，古音簋軌皆讀如九也。《史記‧李斯傳》曰：『飯土匭。』〈公食大夫禮〉注曰：『古文簋皆作軌。』《易‧損》『二簋』，蜀才作軌。《周禮‧小史》故書簋或爲九，大鄭云：『九讀爲軌，書亦或爲軌，簋古文也。』今本《周禮》脫誤，爲正之如此。軌九皆古文假借字也，匭，古文本字也。匭之字，後世用爲匭匣字。《尚書》：『苞匭菁茅。』鄭曰：『匭，纏結也。』鄭意謂匭爲糾之假借字。〈吳都賦〉注用之。**枛**，亦古文簋。簋以木爲之，故字从木也。惠氏棟《九經古義》曰：『《易》渙奔其机，當作朹。宗廟器也。』」（頁193）

1、字形說明

觀《古文字詁林》，簋字沒有收錄甲骨文字，季旭昇《說文新證》一書，**𠊊**（甲878）及**𠊊**（存下764）象簋形，上爲簋蓋，中爲簋體，下爲圈足，其隸定爲「𠊊」。金文**𣪘**（庣簋）从皿段聲，爲簋字所造的形聲專字。故其認爲甲骨文**𠊊**、**𠊊**爲獨體象形，其餘爲形聲字〔註201〕。聊備一格。孔德成在〈簠簋觚觶說〉裡提到「傳世金文中，又無簋字之跡，則簋之器也，究何屬焉？」〔註202〕此就古文、小篆與金文比對而言，今《金文編》中著錄很多簋字金文，如：**𣪘**（且戌簋）〔註203〕、**𣪘**（師虎簋）〔註204〕等，字原象器形，後又加**𠬶**，象手持匕於簋中取食之形，故作**𣪘**，金文變形甚多，而大致類此〔註205〕。小篆作**簋**。

小篆所以从竹、从皿、从皀，乃是因爲後代簋多爲竹木所制，皿爲食盤之樣，皀爲放滿食物之象形。段注《說文》中曾推論：「蓋本以木爲之，大夫刻其文爲龜形，諸侯刻龜而飾以象齒，天子刻龜而飾以玉。其後乃有瓦簋，乃有竹

〔註201〕季旭昇，《說文新證》（台北：藝文印書館，2004年11月），頁365～366。

〔註202〕孔德成，〈簠簋觚觶說〉，《說文月刊》四卷上期。轉引自《古文字詁林》四冊，頁664。

〔註203〕容庚，《金文編》，頁297。

〔註204〕容庚，《金文編》，頁298。

〔註205〕高鴻縉，《中國字例》（台北：三民書局，1950年），頁156～157。

簋方，因製从竹之簋字。木簋、竹簋、禮器瓦簋，常用器也。」段氏以爲簋原
本爲木器，後有竹器、瓦器等不同材質。其實商周青銅器時代，簋多以青銅爲
之。

2、器物形制

簋的基本形制爲底座長方體，棱角突折，壁直底平，有方圈形足或矩形
成圈形足，蓋與器身形狀、大小相同，上下對稱，合時爲一體，分開時其蓋
也可倒過來自作一器。西周早期流行的是方座簋，通常爲雙耳方座簋（圖三）
〔註206〕，如圖四爲西周早期的鳥紋方座簋，另外戰國時代的陳侯午簋也爲方
座簋，可知西周末年到春秋初年皆有簋，至秦代已消失〔註207〕。

簋爲商周時期重要禮器，是盛煮熟的黍、稷、稻、粱等飯食的器皿，用
於祭祀和宴饗。《周禮》中出現七次，都是黍稷器之類的用義，上自天子，下
至庶人，皆可用簋來祭祀和宴賓。簋之形制，自古以來，有許多學者爭辯，
容庚《商周彝器通考》有圓和方兩種形制之實物圖，但以圓爲主。容庚認爲
「簋不見有圓者，簠簋方圓，許鄭之說不同。然二器一方一圓，斷無疑義。」
〔註208〕故《周禮‧舍人》鄭玄注「方爲簠，圓爲簋」，今證古器，多與鄭注合，
但與《說文》不甚合。段注：「許云簋方簠圓，鄭則云簋圓簠方，不同者，師
傳各異也。」採取折衷之說，就地下出土文物言，誠各有其理，然就出土數
量而言，仍當以鄭說近是。

殷墟墓葬出土的陶簋中，盛有羊腿，可見其簋不只是盛飯食的器皿，可以
一器多用。

段氏云：「聶氏、陳氏《禮圖》皆於蓋頂作一小龜，誤解一蓋字耳。」在圖
五的《三禮圖》中的確可見蓋頂的烏龜。但觀目前出土的簋，皆無蓋，可見宋
代禮圖的理解錯誤。

宋代以來金文學家都將「𣪗」誤釋爲「敦」，至清朝，錢坫、嚴可均、王
國維等學者考證，方一一證實宋代學者定名之誤。宋人定名「彝」者實爲「敦」，
而器名「𣪗」者實爲古書之「簋」〔註209〕。

〔註206〕馬承源，《中國古代青銅器》（上海：上海人民出版社，1982年），頁146。

〔註207〕王貴元，《漢字與歷史文化》（北京：中國人民大學出版社，2008年），頁111～112。

〔註208〕容庚，《商周彝器通考》，頁320～322。

〔註209〕高鴻縉，《中國字例》，頁156～157。

圖 2-20.1　西周早期器，侈口束頸獸首高足式的四足簋〔註210〕

圖 2-20.2　西周早期前段，侈口雙耳式的方座簋〔註211〕

圖 2-20.3　春秋戰國，方體淺斗雙鋬高圈足器〔註212〕

圖 2-20.4　殷墟中期，獸面紋簋〔註213〕

〔註210〕馬承源，《中國青銅器》，頁 149～152。

〔註211〕馬承源，《中國青銅器》，頁 149～152。

〔註212〕馬承源，《中國青銅器》，頁 149～152。

〔註213〕馬承源，《中國古代青銅器》，圖版二十六。

圖 2-20.5　宋代《三禮圖》〔註214〕

（三）簠

甲骨文	金文	金文	金文	古文	小篆
（图）	（图）	（图）	（图）	（图）	（图）
新 1532，前 6.35.4	瘐簠	曾仲斿父甫	厚氏匿		頁 196

《說文》段注：「簠簠，黍稷圓器也。簠盛稻粱，見〈公食大夫禮〉，
經文云：『左擁簠粱』是也。此云黍稷者，統言則不別也。如毛傳
云：『四簠，黍、稷、稻、粱。』亦是統言。云圓器，與鄭云方器
互異。从竹皿，甫聲。方矩切，五部。医医古文簠从匸夫。夫聲也。」
（頁 196）

1、字形說明

《甲骨文編》中沒有收錄簠字，《續甲骨文編》中收錄（图）（新 1532，前
6.35.4）。金文簠字从三種部首，一是从竹，甫聲，个从皿的（图）（瘐簠），一是
省竹爲甫的（图）（曾仲斿父甫），另一是从匸爲匿的（图）（厚氏匿）〔註215〕。古文
作从匸夫的（图），小篆作从竹，从皿，甫聲的簠（頁 196）。

2、器物形制

簠是中國周朝時期所特有的禮器和炊具，在祭祀和宴會時用於盛放煮熟
的穀物。基本形狀爲長方體，棱角突折，壁直而底平坦，腹斜收，兩側各有

〔註214〕宋·聶崇義，宋淳熙二年刻本，《新定三禮圖》，頁 179。

〔註215〕容庚，《金文編》，頁 301～302。

一耳，足爲方圈或爲矩形組成的方圈。《周禮‧地官司徒‧舍人》：「凡祭祀，共簠簋，實之，陳之。」鄭玄注：「方曰簠，圓曰簋，盛黍稷器。」〔註 216〕凡出土之簠皆爲方形，合乎鄭玄之說，而非許愼所謂「圜器」也。簠的基本形制爲長方形，侈口兩耳或無耳者，上面有蓋，蓋上多刻有紋路，蓋子和器皿上下對稱，形狀、大小皆相合，於四周之正中有小獸首下垂，加於器上（如圖一）。有方圈形足或矩形成圈形足，合時一體，分開時其蓋倒過來也是一器。

簠出現於西周早期，盛行於西周後期到春秋戰國時期，在戰國晚期（秦）以後消失〔註217〕。簠之銘皆在腹內正中，亦有在口上緣者。但出土實物與宋代《三禮圖》（圖三）之繪畫不甚相似，可能是宋代已無簠之實物，宋人只能依傳世文獻而繪。

簠與簋的功用相同，但形制有別，簠一般爲長方形，四角下各一有足，蓋與身的大小完全相同，主要放稻類穀物，而簋則是形似今日大碗，底是圓座或方座，也是呈放盛煮熟的黍、稷、稻、粱等飯食的器皿。

圖 2-21.1　春秋早期‧鑄子叔黑臣簠〔註218〕

〔註216〕漢‧鄭玄注，唐‧賈公彥疏，《周禮注疏》，頁 502。

〔註217〕馬承源，《中國青銅器》，頁 149。

〔註218〕容庚，《商周彝器通考》，圖三五二。

圖 2-21.2　宋代《三禮圖》〔註219〕

（四）盨

金文	金文	金文	金文	金文	金文	小篆
不从皿，周雒盨	从皿，鄭義羌父盨	从升，師克盨	从米，杜伯盨	从木，鄭井弔盨	从金，弔姞盨	頁214

《說文》段注：「盨，櫝盨，逗。負戴器也。櫝、小柜也，見匚部。此櫝盨之櫝，乃別一義。《廣韻・一送》云：『櫝、格木也。』《三十六養》云：『僙，載器也。出《埤蒼》。』《玉篇》云：『僙，渠往切。載器也。』載器皆當作『戴器』，古載、戴通用。格木亦謂庋閣之木。〈東方朔傳〉：『朔曰：是竇數也。』師古曰：『竇數，戴器也。以盆盛物戴於頭者，則以竇數薦之。今賣白團餅人所用者也。』又〈楊敞傳〉：『鼠不容穴銜竇數。』師古曰：『竇數，戴器也。』按，竇數，其羽、山羽二反。櫝盨、渠往、相庾二反。櫝與竇雙聲，盨與數雙聲疊韵，一語之轉也。『負戴器』者，謂藉以負戴物之器。从皿，須聲。相庾切，古音在四部。」（頁214）

1、字形說明

盨字金文中有六種不同的盨字，分別是有从皿的如（鄭義羌父盨），从

升的 🝈（師克盨），從米的 🝈（杜伯盨），從木的 🝈（鄭井弔盨），從金的 🝈（弔姑盨）〔註 220〕。從米者爲象盨是盛放黍、稷、稻、粱等飯食的器物；從木、從金者則爲盨的材質；從皿、從升者則爲說明盨之功用；不從皿的須爲叚借，如 🝈（周雒盨）。小篆作從皿的 🝈。

2、器物形制

盨的基本形制是橢方體，斂口、鼓腹、圈足、左右兩耳、有蓋、蓋頂有足，可以翻過來盛放食物。盨主要是由簋演化出來的，盨形制與簠、簋很接近，但盨爲圓弧形。其器晚出，至西周後期始有之，與簠同。然春秋戰國時期不復見有此類器，其行用之時期至短，故後人無能說之者〔註 221〕。但盨名不見於《三禮》，而宋人《三禮圖》中也未見。盨如同簋一樣，一般是偶數成組，如陝西扶風縣出土的仲彤盨共兩件，又如陝西長安出土的叔父專盨共四件。

圖 2-22.1　西周，竊曲紋盨〔註 222〕　　圖 2-22.2　西周·克盨〔註 223〕

（五）皿

甲骨文	甲骨文	甲骨文	金文	金文	金文	小篆
🝈	🝈	🝈	🝈	🝈	🝈	🝈
甲 2454	甲 2473	燕 798	皿犀簋	己方彝	廿七年皿	頁 213

《說文》段注：「皿 🝈，飯食之用器也。飯，汲古閣作『飲』，誤。

〔註 220〕容庚，《金文編》，頁 341。

〔註 221〕容庚，《商周彝器通考》，頁 360。

〔註 222〕容庚，《商周彝器通考》，圖三六九。

〔註 223〕容庚，《商周彝器通考》，圖三六六。

《孟子》：『牲殺器皿。』趙注：『皿，所以覆器者。』此謂皿爲幎之
假借，似非孟意。**象形，與豆同意**。上象其能容，中象其體，下象
其底也。與豆略同而少異。**凡皿之屬皆从皿**。讀若猛。按，古孟、
猛皆讀如芒。皿在十部，今音武永切。」（頁 213）

1、字形說明

甲骨文作象盛飯食的器物，象雙耳圈足之形的 ⿱ （甲二四五四）、⿱ （甲
二四七三）、⿱ （燕七九八）。金文作 ⿱ （皿犀簋）、⿱ （皿⿱全文，己方彝）、
表其材質从金的 ⿰ （廿七年皿）。小篆作 ⿱。

《說文》段注釋皿：「皿，飲食之用器也。……象形，與豆同意。上象其能
容，中象其體，下象其底也。與豆略同而少異。」大徐本作「飯食之用器也。
象形，與豆同意。」小徐本作「飲食之用器也。象形，與豆同形。」段氏認爲
皿之形與豆「略同而少異」，又大、小徐本一者認爲「與豆同意」，一者認爲「與
豆同形」，可見其形意與「豆」應相似。豆者，《說文》釋爲「古食肉器也。」，
小篆作 ⿱。

2、器物形制

容庚《商周彝器通考》中附三張皿圖，皆與《說文》所釋：「與豆同意」不
相似。多呈圓腹圈足，兩耳銜環，通體有紋，如雲紋，如圖 2-23.1 寧皿狀。

圖 2-23.1　戰國時期・寧皿〔註224〕

〔註224〕容庚，《商周彝器通考》，圖九〇八。

二、蒸飯器

（一）鼎

甲骨文	甲骨文	金文	小篆
（字形）	（字形）	（字形）	（字形）
合集 1363	合補 06947（一）	集成 9837 鼎方彝	頁 322

《說文》段注：「鼎（鼎），三足兩耳，和五味之寶器也。三足兩耳，謂器形，非謂字形也。《九家易》曰：『鼎三足，以象三台也。』《易》曰：『鼎，黃耳。』和，當作『盉』，許亦從俗通用。象析木㠯炊。巳下次第依《韵會》所據小徐本訂。片者，判木也。反片爲爿，析爲二之形。炊鼎必用薪，故像之。唐張氏參誤會三足兩耳爲字形，乃高析木之兩旁爲耳，唐人皆作鼎，非也。唐氏玄度旣辨之矣。貞省聲。大徐本無。無此三字，則上體未説。此謂上體目者，貞省聲也。或曰，離爲目，巽爲木，鼎卦上離下巽，何不以此説字乎？曰：言《易》卦之取象則可，若六書之會意，必使二字相合成文，如人言止戈是。目與木，不相合也。故釋下體爲象形，上體爲諧聲。古叚鼎爲丁，如〈賈誼傳〉『春秋鼎盛』，〈匡衡傳〉『匡鼎來』皆是。鼎之言當也，正也。都挺切，十一部。昔禹收九牧之金，鑄鼎荆山之下，入山林川澤者，此字依《韵會》補。离魅蛧蜽莫能逢之，㠯協承天休。离，俗用『螭』，依内部則當作离。此用宣三年《左傳》王孫滿説。《傳》不言鑄鼎荆山之下。……酈氏《水經注》：『懷德縣故城，在渭水之北，沙苑之南。《禹貢》北條荆山在南，山下有荆渠，卽夏后鑄九鼎處也。』《易》卦：巽木於下者爲鼎。此引《易》證下體象析木之意，與㬜下引《易》證从日一例。古文，㠯貝爲鼎，籒文㠯鼎爲貝。二貝字，小徐皆作『貞』。郭忠恕《佩觿》云：『古文以貞爲鼎，籒文以鼎爲則。』亦誤，今正。京房説貞字鼎聲，此古文以貝爲鼎之證也。許説䰞、鼏、鼐、鼒者，籒文之則、員、賣、妘字，此籒文以鼎爲貝之證也。凡鼎之屬皆从鼎。」（頁 322）

1、字形說明

鼎字甲骨文字形 𤅊 頂部象兩耳，中部象鼎腹，下部爲足，足的左邊與右邊短橫象足部裝飾。許愼在《說文》中已將鼎形器的特徵說出：「三足兩耳，和五味之寶器也。」也用「寶器」來點出其尊貴的特性，金文 𤇾 象三足無蓋兩耳圓鼎狀。小篆歷經演變，趨於符號化、線條化、美術化，筆勢增多，筆意減少，但仍應爲獨體象形，小徐本作「象析木㠯炊」，段注作「貞省聲」，蓋皆非。小篆作鼎。

2、器物形制

鼎爲古代烹煮肉食和盛肉食的食器，形狀有方（如圖 2-24.2）有圓（如圖 2-24.1），圓鼎比方鼎起源早，而且更爲常見，其形爲三足、兩耳、圓腹、無蓋者居多，也有有蓋者。三足是灶口和支架，空心體。兩耳可穿進鉉（棍棒）抬舉，便於移動。腹部空虛以容納食材。腹下燒火，可以烹煮食物。其大小因用途而有差別，大者可烹煮全牛，如商代司母戊鼎即重達 875 公斤，高 133 公分。段注云：「三足兩耳，謂器形，非謂字形也。」因其主體爲三足支撐，而顯得更爲平穩，因此有「鼎足而立」、「三足鼎立」的成語。方鼎形制則爲四足、兩耳、方腹。

圖 2-24.1　商・獸面紋鼎 [註225]

〔註225〕馬承源，《中國古代青銅器》，圖版二十。

圖 2-24.2　商文丁時代・司母戊方鼎〔註 226〕

（二）鬲

甲骨文	甲骨文	金文	金文
山	鬲	鬲	鬲
合集 201 正	合集 34397	集成 2837 大盂鼎	集成 4300 作冊夨令（殷）

說文或體	說文或體	小篆
鬲	鬲	鬲
頁 112	頁 112	頁 112

《說文》段注:「鬲鬲，鼎屬也。〈釋器〉曰:『鼎，款足者謂之鬲。』實五觳，〈考工記〉:『陶人爲鬲，實五觳，厚半寸，脣寸。』斗二升曰觳。大鄭云:『觳受三豆。』後鄭云:『觳受斗二升。』按瓬人職云:『豆實三而成觳。』大鄭本之。今俗本譌爲『觳受三斗』，誤甚。許必言觳所受者，角部觳下無此義也。《魏三體石經》以鬲爲〈大誥〉『嗣無疆大歷服』之歷，同在十六部也。象腹交文三足。上象其口，𝕏象腹交文，下象三足也。《考工記圖》曰:『款足。』按，款足，郭云『曲腳』，《漢・郊祀志》則云:『鼎空足曰鬲。』釋款爲空。郎激切，十六部。凡鬲之屬皆从鬲。甋鬲，鬲或从瓦。

〈楚世家〉:楚武公曰:『居三代之傳器，登三翮六翼以高世主。』小司馬曰:『翮亦作瓹，同音歷。三翮六翼，謂九鼎。空足曰翮，

〔註 226〕馬承源，《中國古代青銅器》，圖版二十四。

翼卽耳。事見《爾雅》。』按，翩者，甂之假借字。翼者，鈘之假
借。九鼎，款足者三，附耳於外者六也。《爾雅》曰：『鼎，款足
謂之鬲，附耳外謂之鈘。』鬳鬲，《漢令》鬲，从瓦，麻聲。謂載
於令甲、令乙之鬲字也。〈樂浪挈令〉織作『甋』。」（頁112）

1、字形說明

甲骨文作呈三足之器物形，或以立體 ⋏⋏ 或線條 ⋔ 呈現。金文作三足之 鬲，
或爲足狀 ⋌⋌⋌ 形訛變爲 ⋎ 的 鬲，爲象形字。許慎將甋、鬳二字列於鬲字之後，
是爲其或體，後世加上瓦爲意符作甋。至於鬳，則又後起之形聲字也。楊樹達
認爲此三字之關係爲

> 《説文》三篇下鬲部記鬲甋鬳三文爲一字，此《説文》全書中表文
> 字形體發展最適切、最完備之例證也。鬲爲鼎屬，篆作 鬲，許君説
> 字之下截 ⊠ 爲象交文三足，其从口者，象盛食物之颐中空。在實
> 物，盛食之處向上，今作 ⊔ 者，文字有平面而無立體，故假平面
> 之形表立體之物也。……此字第一步發展爲甋，此於象形字旁加
> 義旁瓦也。第二步發展爲鬳，則取甋之義旁瓦爲形，而別以鬲同音
> 字之麻爲其聲，變爲形聲字，初文鬲字象形之面貌脱卸無餘矣。

〔註227〕

李孝定則認爲鬳甋當是一字，均讀子孕切。鬲部之字或體多从瓦，蓋以形言則
爲鬲，以質言則爲瓦，同从曾聲，當爲一字無疑〔註228〕。鬲爲鼎屬，就甲金文
及傳世古器，其形與鼎相近，是則鬲甋之形當不相遠，其異當在器之大小與底
之有無。小篆作 鬲。

2、器物形制

鬲，是煮粥爲主的烹煮食物的炊具，《説文》列爲鼎屬，其形爲大口、袋形
腹、有三足也有四足者，有兩個立耳，有的有蓋，足中空，與腹相通。陳獨秀
於《小學識字教本》中云：「鬲之空足乃爲注水以烹，中有橫隔，故孳乳爲隔。

〔註227〕楊樹達，《積微居金文説自序》（北京：中國科學院，1952年9月）。

〔註228〕李孝定，《甲骨文字集釋》第三册（台北：中央研究院歷史語言研究所，1970年
　　　　10月），頁846。

是古鬲已兼蒸煮二用，故後蛻化而為甑甗。」〔註229〕袋形腹及空足是為了加快受熱程度，常與鼎配合使用。鼎與鬲最大的差別就是，鼎足為實心足，鬲足為中空足，其甲骨文、金文字形皆形象的表現出此一特徵。

鬲產生於新石器時代，普遍使用陶鬲。青銅鬲最早出現在商代早期，商代晚期以後袋腹逐漸蛻化，且多數青銅鬲有精美的花紋，不宜於火煮，當為盛粥器〔註230〕。最早看到自稱本名的銅器是西周中期的中梁父鬲（三代 5.18），因此西周中期以前與中梁父鬲同形制的器物，都據此稱鬲〔註231〕。春秋戰國時期，鬲多以偶數與列鼎配合，起陪鼎的作用，常見的是以二或四器與列鼎五器使用。到了戰國晚期，青銅鬲便從祭器和生活用品的行列消失〔註232〕。因為戰國末期出現了灶台，三足的鬲逐漸演化為釜，鬲就消失了。

鬲在中原和楚地都有使用，但在外形、制作與結構等方面楚與中原相比有著較大差別。楚地的鬲使用比較廣泛，一般貴族和平民都用這一炊具。僅就外形而看，中原的鬲大多為袋足分檔，而楚鬲則多為高柱足連弧檔（見圖 2-25.2），具有明顯的楚風，故而常以「楚式鬲」之名來與中原的鬲相區別〔註233〕。

鬲除了蒸煮穀類外，殷墟苗圃北地、大司空村 7 座殷墓出土的陶鬲，其內均留有魚骨，在一些陶鬲中也有殘留羊腿骨或別的獸類的肢骨〔註234〕，腹底尚留煙炱痕。可見鬲不限於煮穀食，也煮肉魚蔬菜等，與前文談到的簋一樣，也是一器多用。

〔註229〕陳獨秀，《小學識字教本》（成都：巴蜀書社，1995 年 5 月），頁 197～201。

〔註230〕馬承源，《中國青銅器》，頁 113～114。

〔註231〕張光裕，〈先秦泉幣文字辨疑〉，《中國文字》第三十六冊（台北：國立臺灣大學文學院，1970 年）。轉引自《古文字詁林》三冊，頁 300～301。

〔註232〕馬承源，《中國青銅器》，頁 114。

〔註233〕黃鳳春、黃婧，《楚器名物研究》（武漢：湖北教育出版社，2012 年 9 月），頁 98。

〔註234〕曹建墩，《先秦禮制探頤》，（天津：天津人民出版社，2010 年 10 月），頁 356。

圖 2-25.1　饕餮紋鬲〔註235〕

圖 2-25.2　楚鬲〔註236〕

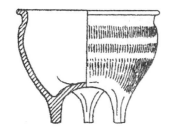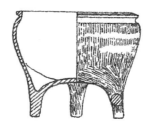

（三）鬳

甲骨文	甲骨文	甲骨文	金文	金文	小篆
一期京 2675	二期前 5.4.2	合補 07083（A9）	不從瓦	子邦父鬳	頁 644

《說文》段注：「鬳鬳，甗也。一穿。各本作『一曰穿也』，小徐本在『虍聲』之下，今正。按，甗空名窐，見穴部，不得云又名鬳也。〈陶人〉：『為甗，實二鬴，厚半寸，脣寸。』鄭司農云：『鬳無底甗。』無底，即所謂一穿。蓋甑七穿而小，鬳一穿而大。一穿而大，則無底矣。甑下曰『鬳也』，渾言之。此曰『甗也一穿』，析言之。渾言見鬳亦評甑，析言見甑非止一穿，參差互見，使文義相足，此

〔註235〕容庚，《商周彝器通考》，圖版一四六。

〔註236〕黃鳳春、黃婧，《楚器名物研究》，頁 98。

許訓詁之一例也。或曰當依小徐，鬳聲之下作『一曰甗一穿也』六
字。山之似甑者曰甗。《詩》：『陟則在甗。』傳曰：『甗，小山別於
大山也。』《釋名》曰：『甗，甑也。甑一孔者，甗形孤出處似之也。』
按，此謂似甑體而已。鬲部曰：『鼎大上小下若甑曰鬻。』然則甑
形大上小下，山名甗者亦爾。俗作『巘』，非。《爾雅》：『小山別大
山曰鮮。』《詩·皇矣》同。字作鮮者，甗之叚借。《文選·吳都賦》
作『巚』，李注『古買反』。此因《爾雅》鮮或作巚，又譌作巚也。
从瓦，鬳聲。讀若言。魚蹇切，十四部。」（頁 644）

1、字形說明

甲骨文作【字形】（一期京二六七五）、【字形】（二期前五、四、二）〔註 237〕，《甲
骨文字編》收錄合補 07083（A9）作【字形】〔註 238〕，甲骨文 【字形】象鬳形，是鬳的初
文，可以看出此器物有三足。根據高鴻縉、董逌的說法，認爲鬳爲甗之古文，
故《說文》將鬳、甗分爲二字，是不正確的〔註 239〕。甗，爲古代蒸煮炊器，
由甑與鬲兩部分組成，上部爲甑，置食物，下部爲鬲，置水加熱蒸之，甗字
的甲骨文與金文皆展現出上下兩層的構造，字形與存世出土之物非常的相
像。金文有兩種字形，一是不從瓦的【字形】，另一則是從犬通「獻」字的【字形】（子
邦父甗）〔註 240〕。而到了小篆字形發生訛變，作從瓦鬳聲的【字形】。

《說文》釋甗：「甑也。」釋甑：「甗也。從瓦，曾聲。」（頁 644）兩字互
訓，可見兩者應爲形制相當類似，功能也差不多的器物。

段注云：「各本作一曰穿也。小徐本在鬳聲之下，今正。按甑空名窒，見
穴部，不得云又名甗也。〈陶人〉爲甗，實二鬴，厚半寸，脣寸。鄭司農云：
『甗、無底甑。無底、卽所謂一穿。』」小徐本作：「甗，甑也。從瓦，鬳聲。
一曰穿也。讀若言。」〔註 241〕段玉裁認爲「一穿」各本作「一曰穿也」，小徐
本且置於釋形「從瓦，鬳聲」之後，皆以甗有二義，並非。應改爲「甑也。

〔註 237〕徐中舒，《甲骨文字典》，頁 258。
〔註 238〕李宗焜，《甲骨文字編》，頁 1066。
〔註 239〕徐中舒，《甲骨文字典》，頁 258。
〔註 240〕容庚，《金文編》，頁 848。
〔註 241〕南唐·徐鍇，《說文解字繫傳》，頁 250。

一穿。」，意思是甗類似於甑，上下相通，中間無底。其說可從。

2、器物形制

甗為蒸飯器，其基本形制分兩部分，上體圓而兩耳似鼎，下體三款足似
鬲，甑與鬲中間設一片銅片，稱為「箅」，有半環可持以開閉。箅上有十字孔
或直線通氣孔，昔人多不聞其形。商及西周形制略同。可分為：（1）上下兩
體可分離者。其方者有附耳，上下兩體可分離。（2）有直耳，上下兩體不可
分者。有上體中有縱隔，分為兩半者。其銘文多刻於腹內近口處，有在口及
箅而銘異者（如：父庚甗），有在口及箅而銘同者。

商、西周的甗上下固定，甑、鬲渾然一體。商甗甑部的比例較高，立耳、
直口、沒有脣邊。商末周初時甑部的高度相對降低，敞口翻脣，耳立於脣上。
西周晚期出現了方甗。春秋時代的甗，其甑與鬲多是分鑄，使用時套合在一
起。從殷墟婦好墓中，即可略知一二，其出土之甗，有三體甗、分體甗和連
體甗〔註242〕。

甗雖然不是普遍存在的禮器，但在一定的場合有特殊的重要性。這在一些
器制上可以看得出來，如安徽壽縣朱家集李三孤戰國楚王墓出土成組的大甗，
高達一米以上，這是楚國新的禮器體制〔註243〕。

圖 2-26.1　婦好三聯甗〔註244〕

〔註242〕中國社會科學院考古研究所編，《殷墟婦好墓》（北京：文物出版社，1980 年），
　　　　頁 45。

〔註243〕馬承源，《中國古代青銅器》，頁 144～145。

〔註244〕中國社會科學院考古研究所編，《殷墟婦好墓》（北京：文物出版社，1980 年），
　　　　彩版三。

圖 2-26.2　婦好連體甗〔註245〕

圖 2-26.3　父乙甗〔註246〕

圖 2-26.4　安徽壽縣朱家集李三孤戰國楚王墓出土成組的大甗〔註247〕

〔註245〕中國社會科學院考古研究所編，《殷墟婦好墓》，彩版四。

〔註246〕容庚，《商周彝器通考》，圖版一七八。

〔註247〕安徽省博物館藏，http://www.360doc.com/content/12/0928/23/1470002_238716050.
　　　　shtml

（四）甑

甲骨文	金文	籀文	小篆
🔲	🔲	🔲	🔲
乙 8810	集成 2678（小臣鼎）	頁 644	頁 644

《說文》段注：「甑𤬛，甗也。〈考工記〉：『陶人爲甑，實二鬴，厚半寸，脣寸，七穿。』按，甑所以炊烝米爲飯者，其底七穿，故必以箅蔽甑底，而加米於上，而餾之，而𩟄之。从瓦，曾聲。子孕切，六部。𤲙𤬛籀文甑。从𢈏（頁 644）

1、字形說明

朱芳圃在《殷周文字釋叢》中指出甑字的本字爲「曾」。曾字甲骨文作🔲，金文在下方又加了一個煮水的蒸器狀作🔲，使表意更爲清楚〔註248〕。徐中舒將曾釋爲「🔲本應爲圓形作⊕，象釜鬲之箅，🔲象蒸氣之逸出，故🔲象蒸熟食物之具，即甑之初文。」〔註249〕朱英貴在《漢字形義與器物文化》中從其說法。甑字小篆作从瓦，曾聲的𤬛。籀文作从𢈏的𤲙。

《說文》：「𧇛，鬲屬。」又「甗，甑也，一曰穿也。」甑，甗互訓，但沒能清楚說明二者的差別，但所舉甑的古文形亦作下鬲上甑形，與目前通稱的甗器形相合。甗專用以蒸炊，鬲盛水，甑置食物，下舉火煮水，以蒸汽蒸炊食物，作用同於現在的蒸鍋。甑底有一圓銅片，通稱爲箅，箅上有十字形孔或直線孔，以通蒸氣〔註250〕。

2、器物形制

甑是蒸煮食物的器具，如圖一形似大碗，有寬沿、平底，底上有透穿的孔，一般使用於鬲跟釜上，食物放在甑中，鬲或釜內放水，水蒸氣通過孔讓食物熟透，甑不包含下面的鬲跟釜。

〔註248〕朱芳圃，《殷周文字釋叢》（北京：中華書局，1962 年 11 月），頁 102。

〔註249〕徐中舒，《甲骨文字典》，頁 68。

〔註250〕詳見朱鳳翰，《古代中國青銅器》及郭寶鈞，《商周銅器群綜合研究》。

圖 2-27.1　戰國・龍紋甗〔註 251〕　　　圖 2-27.2　戰國・素甌〔註 252〕

附錄：

（一）俎

甲骨文	甲骨文	甲骨文	甲骨文	金文	小篆
鐵 16.3 古	前 7.17.4	前 7.20.1	後 1.2.4.4	三年癲壺	頁 723

《說文》段注：「俎，《禮》俎也。謂《禮經》之俎也。从半肉
在且上。仌為半肉字，如酉谷有半水字。會意字也。〈魯頌〉傳曰：
『大房，半體之俎也。』按，半體之俎者，〈少牢禮〉『上利升羊載
右胖，下利升豕右胖載於俎』是也。故曰『《禮》俎』。……側呂切，
五部。」（頁 723）

1、字形說明

　甲骨文作（鐵一六、三古）、（前七、一七、四）、（前七、二〇、
一）、（後一、二、四、四）〔註 253〕，且字上的兩塊半肉字形多變，有寫成
A 字形、夕字型或^字形，呈俯視之狀。《金文編》只收錄一種字形，作（三

〔註 251〕國立歷史博物館，http://catalog.digitalarchives.tw/item/00/14/ea/57.html

〔註 252〕國立故宮博物院，http://catalog.digitalarchives.tw/item/00/0c/c7/a5.html

〔註 253〕中國科學院考古研究所編，《甲骨文編》，頁 529。

年瘭壺）〔註254〕，為側看之狀，小篆與金文相似作俎。

2、器物形制

俎，本為切肉用的几案，也是祭祀時放祭品的器具，是用一塊長方形厚木板作為俎面，板面的四周，有圍欄（邊框），左右較高，前後低矮。下裝四足，或扁足，或柱足。整器或漆繪，或素面，刻有虎紋、龍紋、饕餮蟬紋、十字紋、或魚紋等。盛食器中俎大多是木頭所製成，歲久腐朽，故其出土文物相較之下，特別稀少，只有青銅器制或是石制之俎有流傳下來。

《禮記・郊特牲》說：「鼎、俎奇而籩、豆偶，陰陽之義也。」〔註255〕，其用每與籩豆相連，鼎與俎是配套使用，所以在禮器的組合中，數量總是相同。可知鼎、俎往往是單數，與偶數的籩、豆搭配使用。又《禮記・燕義》：「俎豆、牲體、薦羞，皆有等差，所以明貴賤也。」〔註256〕公及卿、大夫、士等牲體、薦羞之節，都是有等差的，可知俎豆的使用數量與使用者的地位高低有關。

圖 2-28.1　饕餮紋俎，西北岡墓〔註257〕

圖 2-28.2　十字紋俎〔註258〕

〔註254〕容庚，《金文編》，頁 925。

〔註255〕漢・鄭玄注，唐・孔穎達等正義，《禮記正義》，頁 941。

〔註256〕漢・鄭玄注，唐・孔穎達等正義，《禮記正義》，頁 1936。

〔註257〕容庚，《商周彝器通考》，圖版四〇六甲。

〔註258〕容庚，《商周彝器通考》，圖版四〇七。

（二）匕

甲骨文	甲骨文	金文	金文	金文	小篆
（字形）	（字形）	（字形）	（字形）	（字形）	（字形）
甲 3557	前 4.8.2	瘦匕	戈妣辛鼎	我鼎	頁 388

《說文》段注：「匕⌐，相與比敘也。比者，密也。敘者，次弟也。以妣籀作妣，祉或作祉，秕或作秕等求之，則比亦可作匕也。此製字之本義，今則取飯器之義行而本義廢矣。从反人。相與比敘之意也。卑履切，十五部。匕亦所㠯用比取飯。㠯者，用也。用字衍。比當作匕。漢人曰匕黍稷、匕牲體，凡用匕曰匕也。匕卽今之飯匙也，〈少牢饋食禮〉注所謂『飯㯭』也。〈少牢饋食禮〉：『廩人摡甑獻匕與敦。』注曰：『匕所以匕黍稷者也。』此亦當卽飯匙。按，《禮經》匕有二，匕飯匕黍稷之匕蓋小，經不多見；其所以別出牲體之匕，十七篇中屢見。喪用桑爲之，祭用棘爲之，又有名疏、名挑之別。蓋大於飯匙，其形製略如飯匙，故亦名匕，鄭所云『有淺斗，狀如飯㯭』者也。以之別出牲體，謂之『匕載』，猶取黍稷謂之『匕黍稷』也。匕牲之匕，《易》、《詩》亦皆作匕，〈大東〉傳、〈震卦〉王注皆云：『匕所以載鼎實』是也。《禮記·雜記》乃作『枇』，本亦作『朼』，鄭注《特牲》引之。而曰『朼畢同材曰朼載』，蓋古經作匕，漢人或作朼，非器名作匕，匕載作朼，以此分別也。若〈士喪〉、〈士虞〉、〈特牲〉、〈有司〉篇匕載字皆作朼，乃是淺人竄改所爲。鄭注《易》亦云『匕牲體薦鬯』，未嘗作『朼牲體』也。注中容有木旁之朼，經中必無，劉昌宗分別，非是。一名柶。木部曰：『《禮》有柶。柶、匕也。』所以取飯。凡匕之屬皆从匕。」（頁 388）

1、字形說明

匕字甲骨文作 （甲三五五七）或 （前四、八、二）〔註259〕。金文作 （瘦匕）、 （戈妣辛鼎）、 （我鼎）等〔註260〕。本象鞠躬或伏臥之人形，

〔註259〕中國科學院考古研究所編，《甲骨文編》，頁 349。

〔註260〕容庚，《金文編》，頁 575。

段注云：「匕，相與比敘也。比者，密也。敘者，次弟也。以姚籀作妣、祉或作禩、秫或作秎等求之。則比亦可作𠤎也，此製字之本義。今則取飯器之義行而本義廢矣。從反人，相與比敘之意也。」《說文》又云：「匙，匕也。」（頁 389）大約是匕與飯匙相似，故用來表現飯匙，甲骨文、金文時期，字形的方向尚未定形，有人向左伏臥，也有人向右伏臥，其義無殊。後小篆作𠤎。

　　《說文》「匕」的另一意義是「所以用比取飯，一名柶。」爲銅勺一類的器物，通常與鼎相配使用。王筠在《說文釋例》中云：「匕字蓋兩形各異，許君誤合之也。比敘之匕從反人，其篆當作𠤎，……一名柶之匕，蓋本作𠤎，象柶形。與勺篆作𠥓相似，其物本相似也。勺之柄在下，𠤎之柄在上，……它部之從之者，此用比敘義，𦥑下云匕合也，亦同意，旨、皀、𠤐皆柶義。至於鳥字，則許君牽合之，別有說，由此觀之，其爲兩義，較然明白，反人則會意，柶則象形，斷不能反人而爲柶也，乃許君合爲一者，流傳既久，字形同也。」〔註 261〕由此看來象人形的「匕」與銅匕的「匕」本是兩字，後來在文字演變的過程中二者逐漸合爲一字。

2、器物形制

　　匕爲舀取食物的匙，古代匕分兩種，取肉的匕和取黍稷稻粱的匕，前者大，後者小。《儀禮・少牢饋食禮》：「廩人摡甑甗、匕與敦於廩爨，廩爨在雍爨之北。」鄭玄注：「匕，所以匕黍稷。」〔註 262〕這是取糧飯的匕。《儀禮・士昏禮》：「匕俎從設，北面載，執而俟。」鄭玄注：「匕，所以別出牲體也。」〔註 263〕是取肉的匕。取肉之匕，頭部尖銳，以便割取肉塊，匕的一邊薄而銳利，兼有切肉的功能（如圖 2-29.1 的石匕）。匕有木制者，故經典文獻中匕，往往也作「枇」，如《儀禮・士喪禮》：「卒枇，釋匕於鼎，俎行。枇者逆出，甸人徹鼎。」〔註 264〕即是。箸適用於夾取菜品，匕則使用於食米飯。

　　出土文物中，匕往往與鼎、鬲一同出土，可見由鼎、鬲往外取食是用匕。從商代至春秋戰國皆有匕的出土實物。出土的匕，多成桃葉形，有的後來裝有

〔註 261〕王筠，《說文釋例》〔北京：中華書局，1985 年〕，頁 427。

〔註 262〕漢・鄭玄注，唐・賈公彥疏，《儀禮注疏》，頁 1045。

〔註 263〕漢・鄭玄注，唐・賈公彥疏，《儀禮注疏》，頁 92～93。

〔註 264〕漢・鄭玄注，唐・賈公彥疏，《儀禮注疏》，頁 824。

木柄的鬵，有的後有扁條柄，柄尾作磬折狀。圖 2-29.2 之匕，形橢圓而扁平，連以長柄，葉部透雕，匕肉可瀝其汁。柄爲扁方管，上端可再接木柄。銅色青綠有紫斑。圖 2-29.3 之匕，其狀與今天通用的長柄銅羹匙同，惟大端不爲凹入之勺，而爲扁平的葉，只可匕飯，而不可以挹湯，是羹匙的初型。圖 2-29.4、5、6 之匕分別爲蟬紋、獸紋、象鼻紋，可見商代之後的人，對於生活用品的美感講究，在工藝技術的發展上，已有足夠的技巧。

圖 2-29.1　東周・石匕，山彪鎮墓 001〔註 265〕

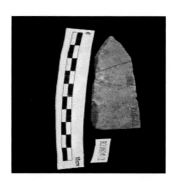

圖 2-29.2　東周・匕。山彪鎮墓 001〔註 266〕

圖 2-29.3　東周・匕。山彪鎮墓 001〔註 267〕

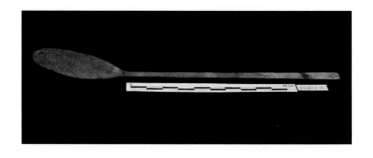

〔註 265〕中央研究院歷史語言研究所，http://catalog.digitalarchives.tw/item/00/1c/38/0d.html

〔註 266〕中央研究院歷史語言研究所，http://catalog.digitalarchives.tw/item/00/1c/36/97.html

〔註 267〕中央研究院歷史語言研究所，http://catalog.digitalarchives.tw/item/00/1c/36/99.html

圖 2-29.4　蟬紋匕〔註268〕　　　　圖 2-29.5　獸紋匕〔註269〕

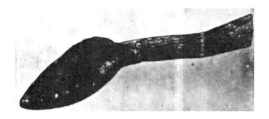

圖 2-29.6　象鼻紋匕〔註270〕　　　　圖 2-29.7　商後期，鑲嵌松綠石
　　　　　　　　　　　　　　　　　　　　　　　獸面紋匕〔註271〕

第四節　小　結

　　中國飲食文化歷史悠久，可以上溯到遠古時代，而華夏地區的烹飪技術及
文化一直聞名於世，這樣豐富的文化，被先民融入漢字的形體與結構，通過解
析漢字，期望可以再現先民的飲食習慣。從生食到熟食的演變，是人類文明發
展中重要的里程碑，用火來加工食物，開始使用陶制品當作炊具，人類進入了
烹飪時代。這些在文字中，都有明確的表現。

〔註268〕容庚，《商周彝器通考》，圖四○八。

〔註269〕容庚，《商周彝器通考》，圖四○九。

〔註270〕容庚，《商周彝器通考》，圖四一二。

〔註271〕秦孝儀，《故宮商代青銅禮器圖錄》（台北：國立故宮博物院，1998 年 10 月），頁
　　　　478。

一、古文字方面

本章將古代飲食器具，分爲酒器、水器與食器三個部分來探討，共計三十字。

（一）在《說文》中盛酒器的部分，主要有壺、楅（罍）、尊、彝、缶五字。調酒之器的字共有盉、瓚兩字。飲酒器中有出土實物或是甲骨文、金文作爲佐證的共有爵、斝、卮、觴（觥）、觶、觚六字，爵、斝二器又可作溫酒之用。

酒器 ＼ 文字	甲骨文	金文	其它	小篆
壺	V	V	秦簡、陶文	V
楅（罍）		V	籀文	V
盉		V		V
瓚		V		V
尊	V	V	陶文、秦簡、璽文	V
彝	V	V	古文	V
缶	V	V	包山楚簡	V
爵	V	V	古文	V
斝	V	V	陶文	V
卮			汗簡	V
觴（觥）	V			V
觶				V
觚				V

（二）《說文》中的水器有：鑑、盂、盆、槃、匜、斗，共六種。鑑、盂、盆是爲盛水之用，槃、匜則爲成套的盥洗器具，一爲承水器、一爲注水器，斗則爲舀水器。本節依盛水、盥洗、舀水功用的順序安排字例。

水器 ＼ 文字	甲骨文	金文	其它	小篆
鑑		V	楚簡	V
盂	V	V		V
盆		V		V
盤（槃）	V	V	籀文、古文	V
匜	V	V		V
斗	V	V		V

（三）在《說文》中的食器，本論文分為三類，一是盛肉器，有豆字。二是盛飯器，以皿為主，有簋、簠、盨、皿四字，三是蒸飯器，以鼎鬲為主，有鼎、鬲、甗、甑四字。在甲骨文字中，食器與酒器比水器多，可見飲食相關的文字，出現極早，並且食器除了甑字外，皆有金文的出現。食器组字朱鳳瀚將之歸於切肉器，匕字則歸於挹取器，本論文將匕和俎二字置於此節最末附錄。表格統計如下：

食器＼文字	甲骨文	金文	其它	小篆
豆	V	V	古文	V
簋		V	古文	V
簠	V	V	古文	V
盨		V		V
皿	V	V		V
鼎	V	V		V
鬲	V	V	或體	V
甗	V	V	籀文	V
甑				V
俎	V	V		V
匕	V	V		V

以下從文字所展現的器物材質、用途及形制來看：

1、材質或用途

不論是甲骨文或是金文，字的形體往往展現了先民的智慧，每個字之所以用什麼偏旁，相信都有它的意義。如：壺字，金文出現三種形體：象其形的〈魯侯壺〉，也有從殳的〈伯壺〉作，或表其質地的〈虛皇父簋〉從金作。櫑字，金文有四種字體，有不從木之金文櫑（父乙櫑）、從缶之罍（邠伯罍），從皿之（且甲罍），及從金的（虛皇父盤）。彝字，金文種類如：象兩手捧雞的〈董監鼎〉，或構形較為扁平的〈宥簋〉，或兩隻手已轉成「廾」形的〈仲簋〉。後代字形除了捧雞外，也捧米作祭。鑑字，《金文編》有〈攻吳王鑑〉不從金的，從金的〈智君子鑑〉，及〈吳王光鑑〉作。盤字，金文有不從木之〈兮甲盤〉，與《說文》籀文從皿相

同的〈虢季子白盤〉之![字形]，與《說文》古文從金相同的〈伯侯父盤〉之![字形]，可見《說文》之古文、籀文其來有自。盌字，金文有〈右里盌〉從金的![字形]，因爲材料是青銅的關係，所以從金。簠字，金文中更是有多達六種不同的偏旁，分別是不從皿的![字形]（周雒簠），從皿的![字形]（鄭義羌父簠），從升的![字形]（師克簠），從米的![字形]（杜伯簠），從木的![字形]（鄭井弔簠），從金的![字形]（弔姞簠）。從米者爲象簠是盛放黍、稷、稻、粱等飯食的器物；從木、從金者則表明簠的材質；從皿、從升者則爲說明簠之功用。

　　從古文字的偏旁，可以爲此器物的質地、用途提供最佳的佐證。

2、形　制

　　除了從古文字的偏旁判斷其材質、用途外，在某些古文字中，也可以看出其形制，如爵字，從甲骨文、金文的字形來看，看得見二足及三足。二足如：《續甲骨文編》中：![字形]（390）、![字形]（2461）、三足如《金文編》中：![字形]（0832）父癸卣〔註272〕、![字形]爵且丙尊〔註273〕。斝字，金文作![字形]〔註274〕，斝象二柱三足一耳。豆字，甲骨文象豆型器的模樣![字形]。鼎字，甲骨文![字形]、![字形]象三足無蓋兩耳圓鼎狀。鬲字，甲骨文或以立體![字形]或線條![字形]呈現其三足之器物形。金文作三足之![字形]，或爲足狀![字形]形訛變爲![字形]的![字形]，均爲象形字，鼎與鬲字的古文字字形展現出兩器物足部的差異，鼎爲實心足，鬲爲空心足。又如甗字，由甑與鬲兩部分組成，上部爲甑，置食物，下部爲鬲，置水加熱蒸之，甗字的甲骨文![字形]與金文![字形]皆展現出上下兩層的構造，字形與存世出土之物相似。

　　總而言之，早期象形文字是烹煮器具存在的確證，飲食器物不只反映了禮制的各種情況，從而反映出中國手工藝的水平，也反映了中國古代烹飪文化的高度發展。

二、古文物方面

　　出土地下材料包括古文字材料及非文字材料，這些非文字材料，可以用來對《說文》進行對照的研究，除了訂正《說文》的不足外，也可以檢視《說文》

〔註272〕容庚，《金文編》，頁356。

〔註273〕容庚，《金文編》，頁356。

〔註274〕容庚，《金文編》，頁928。

器物的解釋是否正確。除了可比對器物形制是否與《說文》所說相同，也可以觀察出十的器物內殘留食物，對食器來說，就是說明其用途最好的說明，甚至可以瞭解此器物究竟是放哪一類食物的器皿。下面舉出三個飲食器作為例證：

1、《說文》：「豆，古食肉器也。」豆可以放置肉食。河北藁城台西商墓 M105 出土陶豆內有雞骨，殷墟出土陶豆內也有其它獸類骨頭〔註 275〕，可證《說文》豆為食肉器之說。高明認為：「蓋豆的功用與盛醓醢的盤豆不同，洛陽燒溝戰國墓出土的陶豆中，常有粟米殘餘，說明它的用途與簋相近，屬於盛食器之一種。」〔註 276〕也可證明豆同時以可以作為盛裝糧食的器具。

2、段注引《周禮・舍人》注曰：「方曰簠，圓曰簋，盛黍稷稻粱也。」簋為商周時期重要禮器，是盛煮熟的黍、稷、稻、粱等飯食的器皿，用於祭祀和宴饗。殷墟墓葬出土的陶簋中，盛有羊腿，可見簋不只是盛飯食的器皿，可以一器多用。

3、《說文》「鬲，鼎屬也。」鬲為蒸煮穀類的器具，殷墟苗圃北地、大司空村 7 座殷墓出土的陶鬲，其內均留有魚骨，在一些陶鬲中也有殘留羊腿骨或別的獸類的肢骨，腹底尚留煙炱痕。可見鬲不限於煮穀食，也煮肉魚蔬菜等，與前文談到的簋一樣，也是一器多用。

三、古文化方面

《說文》中的飲食器數量非常的多，本論文只採其中三十個字來作例證。禮為先秦時期的社會生活各層面的體現，禮器的使用，是行禮者藉以表達思想的媒介，以呈顯出禮的精神與內涵。從本章飲食器各節來看，得到下列數點結論：

（一）盉為調酒器或為調味器

盉字許慎作「調味也」，王國維、容庚皆作調酒器解。王國維更在《說盉》一文中提到「故端氏銅禁所列諸酒器中有是物，若以為調味之器，則失之遠矣。」容庚認為除了調酒之濃淡外，也兼作溫酒用。黃宇鴻在《說文解字與

〔註 275〕宋鎮豪，《夏商社會生活史》，頁 266～277。

〔註 276〕高明，《中原地區東周時代禮器研究》（上、中、下）（《考古與文物》，1981 年第 2 ～4 期）。

民俗文化研究》卻誤解爲「調味品必須放在器皿中，故盉字从皿。」〔註 277〕
失之遠矣。本文將盉字歸類到調酒器中。

（二）鼎、簋等禮器的確切數量

商周的青銅禮制是一個十分複雜的問題，學界對於某些現象還無法解釋，
如東周時代一些青銅禮器，由於已經接近青銅禮制的尾聲，實用性增強，如一
些較晚出現的盆之類的器具，或許根本沒有作爲禮器使用〔註 278〕。《周禮》所
表現的是一種介紹理想與實際之間的制度，在出土的文物中，的確有不少禮器
的數量與擺放方式與《周禮》所說相同。

但也有例外，青銅禮器中最典型的鼎，列鼎制度成爲禮的核心。簋在與鼎
搭配使用時，常以偶數出現，如九鼎配八簋，七鼎配六簋等。曾侯乙墓中室就
出土有八簋，正是與九鼎相配，清楚顯示墓主的身分，按古書記載只有天子、
國君才能使用九鼎八簋。不過特別的是，2013 年 7 月份的新聞顯示，湖北隨州
的葉家山一墓發現十九鼎十二簋，大爲逸出此一規範。商代開始就有用鼎隨葬
的習慣，但沒有一定的規律，到西周中期趨於成熟，列鼎組合隨葬。而西周晚
期，如湖北曾侯乙墓、安徽壽縣的蔡侯墓都以國君的身分使用九鼎八簋隨葬。
到了戰國時代，禮樂崩壞，甚至連卿大夫身分的輝縣琉璃閣甲墓也用九鼎八簋
隨葬。這究竟代表周朝至此已經禮樂崩壞？抑或禮制已經改變，九鼎八簋不再
是天子專享，而變成天子與諸侯國君均可使用的禮器？學界至今仍在爭論，沒
有定論。

（三）鬲引發中國特有的蒸煮技術

中國的烹飪技術世界聞名，其形成歷史悠久，早在舊石器時代，先民就懂
得將獵物放在火上燒與烤，吃熟食的首要條件就是要懂得用火，與原始人有明
顯區隔。飲食器諸字的出現，正是最好的證明。又烹、蒸、煮、炒、煨、煎等
字在《說文》中都已出現，可見在先秦之前，人類制作熟食的技術就十分講究
了。鬲的產生和使用出現在新石器晚期、龍山文化中晚期，爲產生蒸這種烹飪
技術奠定了基礎〔註 279〕，爲中國的飲食文化顯著特徵之一。

〔註 277〕黃宇鴻，《說文解字與民俗文化研究》，頁 48～49。

〔註 278〕梁彥民，〈論商周禮制文化中的青銅鬲〉，《考古與文物》，2009 年 5 期，頁 59。

〔註 279〕魏靈，〈「尋找古鬲國」考古行動研討會綜述〉（《西北大學學報》，2011 年 11 月），頁 183。

（四）傳說中的「古鬲國」

鬲原本是人們日常生活所使用的陶制器皿之一，後逐漸演變成國家社稷祭祖、祭神的禮器，以及後來「有鬲氏」爲四千年前的龍山文化東夷古國後裔，西遷至現今山東禹城中部，齊河的北部，濟陽的西部、北部一代，成爲以制造鬲而獲得封爵的「古鬲國」。《左傳》襄公四年、哀公元年也有記載「有鬲氏」的相關史料，但夏代之後的鬲的歷史就變得稀少，至商代雖有鬲姓，但記載十分罕見。方輝指出鬲與鬲文化，既有早期文獻記載，又有相關考古發現互相印證，是彌足珍貴的〔註280〕。

四、文化意涵

人類生活離不開食、衣、住、行四大方面的需求，古人有云：「民以食爲天」，飲食乃是人類社會發展的重要因素之一。中國飲食文化聞名全球，其中飲食器物正是其核心所在，作爲物質的載體，呈現出的是中國傳統文化的工藝技術、風俗習慣、社會功能及階級意識，是精神文化及制度的具體表現。以下試論本章的飲食器中的文化意涵：

（一）彝

彝得名之故，汪榮寶云：「古人酒醴之器爲類至繁，無以名之，則取其畫刻或所象之物之名以爲名。畫山者謂之尊，畫雞者謂之彝，猶畫雲雷者謂之罍，畫禾稼者謂之斝，象雀形者謂之爵，並因聲見義。古者尊與山同。彝與雞同也。」〔註281〕以其爲常用之禮器，故引申爲常道、法度，如《詩·大雅·烝民》：「天生烝民，有物有則。民之秉彝，好是懿德。」〔註282〕即是。

（二）缶

除了缶字外，《說文》釋罎爲「東楚名缶曰罎。」（頁 643）又缶類之字尚有錇：「小缶也。」（頁 227）古代的瓦質打擊樂器有缶，春秋戰國時期盛行於秦地，而《說文》釋其原爲「盛酒漿」之瓦器，後「秦人鼓之以節謌」，秦人將缶懸掛起來以敲擊、爲歌唱打節拍，就成了原始的打擊樂器。這是鄉野之

〔註280〕魏靈，〈「尋找古鬲國」考古行動研討會綜述〉，頁 182。

〔註281〕汪榮寶，〈釋彝〉，《華國月刊》，一卷七期。

〔註282〕漢·毛亨傳，漢·鄭玄箋，唐·孔穎達疏，《毛詩正義》，頁 1239。

物，不登大雅之堂，所以藺相如請秦王擊缶之時，秦王不願答應〔註283〕。

又，缶有尊缶與浴缶之別，尊缶是盛酒器，浴缶則是盛水器。

（三）盉

盉為調酒器，段注云：「古器有名盉者，因其可以盉羹而名之盉也。《廣川書跋》引《說文》『調味器也』，沾『器』字，非。」說盉為調味之器。唯王國維《說盉》：「余謂盉者，蓋和水于酒之器，所以節酒之厚薄者也。」〔註284〕又說：「此盉者，蓋用以和水之器。自其形制言之，其有梁或鋬者，所以持此而蕩滌之也。其有蓋及細長之喙者，所以使蕩滌時酒不泛溢也。其有喙者，所以注酒于爵也。然則盉之為用，在受尊中之酒與玄酒而和之，而注之于爵。故端氏〔註285〕銅禁所列諸酒器中有是物，若以為調味之器，則失之遠矣。」〔註286〕王氏謂盉受尊中之酒與玄酒而和之而注之於爵者。容庚於《商周彝器通考》中進一步認為「盉有三足或四足，蓋兼溫酒之用也。」〔註287〕可見其為以水調酒，以節制酒的濃淡，也是溫酒之器。學界大多認為盉是調和酒味濃淡的調和器，不過黃宇鴻在《說文解字與民俗文化研究》卻誤解為「調味品必須放在器皿中，故盉字從皿。」〔註288〕失之遠矣。

（四）瓚

在《禮記・祭統》：「君執圭瓚祼尸，大宗執璋瓚亞祼。」〔註289〕可見瓚有兩種不同的功能。《詩經・大雅・文王之什・旱麓》：「瑟彼玉瓚、黃流在中。」毛傳云：「玉瓚，圭瓚也，黃金所以飾。流，鬯也。」箋云：「圭瓚之狀，以圭為柄，黃金為勺，青金外，朱中央矣。」〔註290〕《禮記・王制》：「諸侯，賜弓矢然後征，賜鈇鉞然後殺，賜圭瓚然後為鬯。未賜圭瓚，則資鬯於天子。」〔註291〕

〔註283〕漢・司馬遷撰，《史記》第 08 冊，頁 2442。

〔註284〕王國維，《觀堂集林》，頁 72。

〔註285〕「端氏」，指「澠陽端氏所藏殷時斯禁上列諸酒器」，詳見王國維，《觀堂集林》，頁 72。

〔註286〕王國維，《觀堂集林》，頁 73。

〔註287〕容庚，《商周彝器通考》，頁 385。

〔註288〕黃宇鴻，《說文解字與民俗文化研究》，頁 48～49。

〔註289〕漢・鄭玄注，唐・孔穎達等正義，《禮記正義》，頁 1575。

〔註290〕漢・毛亨傳，漢・鄭玄箋，唐・孔穎達疏，《毛詩正義》，頁 1177。

〔註291〕漢・鄭玄注，唐・孔穎達等正義，《禮記正義》，頁 432。

此段可以證明至少在周代「圭瓚」的作用是用於勺酒，於裸禮中起「降神」功用，也就是引導神靈來到祭祀的場所接受祭獻〔註292〕。《周禮・春官宗伯・小宗伯》：「凡祭祀、賓客，以時將瓚果。」注云：「將，送也，猶奉也。祭祀以時奉而授王，賓客以時奉而授宗伯。天子圭瓚，諸侯璋瓚。」〔註293〕所以「瓚」為古代舉行灌祭和裸禮時，祀享先王、宴飲賓客所用的舀取鬱鬯香酒的玉器〔註294〕。使用者具有較崇高或特殊的地位。

（五）爵

爵的命名是因為其造型像一隻雀鳥，林義光《文源・卷一》中提到：「《説文》云：『雀，依人小鳥也，从小、隹。』按雀經典通用爵字。爵，酒器，象雀形。爵古亦作 𤔔，殳季良父壺 𤔔 字偏旁作 𤔔 。」〔註295〕王襄認為古爵字，象三足流柱鋬俱全之形。蓋古人象雀以製爵，更象爵以製字〔註296〕。雀與爵古音相通，皆為精紐、藥部，在古書中有時也以爵代替雀，如《孟子・離婁上》：「故為淵敺魚者，獺也；為叢敺爵者，鸇也。為湯、武敺民者，桀與紂也。」〔註297〕之所以將爵作成雀的形狀，是因為雀的叫聲「節節足足」，來告誡飲酒者要注意節制和滿足〔註298〕。

由殷商的甲骨文資料就已經發現，爵被引申為以爵位加於人的意思，因為使用酒爵的人有一定的身分，君王加人以爵位時，也要以爵賜飲。所以爵較其它銅器更具有文化意涵。也無怪乎《説文》中標明「禮器」者，唯「爵」和「鼻」二字。但其實有許多酒器、食器與玉器均有禮器之功用。在《墨子・尚賢上》提到：「故古者聖王之為政，列德而尚賢，雖在農與工肆之人，有能則舉之，高予之爵，重予之祿，任之以事，斷予之令。」〔註299〕而《左傳・莊公二十一年》

〔註292〕孫慶偉，〈周代裸禮的新證據——介紹震旦藝術博物館新藏的兩件戰國玉瓚〉，《中原文物》2005 年 1 期，頁 69〜70。

〔註293〕漢・鄭玄注，唐・賈公彥疏，《周禮注疏》，頁 579。

〔註294〕同上。

〔註295〕李圃主編，《古文字詁林》第五冊，頁 306。

〔註296〕李圃主編，《古文字詁林》第五冊，頁 306。

〔註297〕漢・趙岐注，宋・孫奭疏，《孟子注疏》，頁 234。

〔註298〕朱英貴，《漢字形義與器物文化》（北京：人民出版社，2009 年 9 月），頁 75。

〔註299〕清・孫詒讓，《墨子閒詁》（北京：中華書局，2001 年），頁 44。

也有「鄭伯之享王也，王以后之鞶鑑予之，虢公請器，王予之爵，鄭伯由是始惡於王。」〔註300〕的一段故事，說明爵在東周的社會意義依然很高，所以鄭伯因爲周王沒有賜爵給他，而懷恨在心，可見爵深具象徵意義。

（六）簋

簋與鼎一樣具禮器功用，是顯示階級的象徵。與鼎搭配使用時，常以偶數出現，如九鼎配八簋，七鼎配六簋等。曾侯乙墓中室就出土有八簋，與九鼎相配〔註301〕，正是顯示墓主的身分，按《周禮》只有天子、國君才能使用九鼎八簋。不過特別的是，2013 年 7 月份的新聞報導顯示，湖北隨州的葉家山一墓發現十九鼎十二簋，對於這一新發現，葉家山墓地考古發掘總領隊，也是湖北省文物考古研究所的研究員黃鳳春認爲：

> 人們通常所説的九鼎八簋屬於周朝中期禮制最終形成以後的規制，
> 而葉家山墓地主人使用鼎和簋的年代更早，可能是周朝禮制的草創
> 階段，當時還未形成嚴格的規制。〔註302〕

葉家山墓爲西周早期家族墓地，由於出土的銅器大多有「曾」、「侯」、「曾侯」等銘文，說明此處墓地與早期曾國和曾侯有關。對於考古的新發現，我們應該抱持謹愼小心的態度去考察。

（七）鼎

鼎作爲炊具，可上溯到距今約七千年左右的新石器時代早期，黃河下游海岱地區的北辛文化，已使用陶鼎烹煮並作隨葬品使用。6100～4600 年前的大汶口文化，陶鼎數量更多，形制也更複雜多樣，完全取代了陶釜。4500～4000 年前的龍山文化，經過人文理念積累和器形演化，陶鼎已初步具備了禮器的某些屬性〔註303〕。

到了青銅器時代，陶鼎改以銅鑄。相傳夏禹曾鑄九鼎於荊山之下，以象徵

〔註300〕晉・杜預注，唐・孔穎達等正義，《春秋左傳正義》，頁 303～304。

〔註301〕李秀媛，《圖說曾侯乙墓》，頁 94～95。

〔註302〕文化中國，http://big5.china.com.cn/gate/big5/cul.china.com.cn/2013-07/11/content_6105875.htm

〔註303〕王永波、張春玲，《齊魯史前文化與三代禮器》（濟南：齊魯書社，2004 年 10 月），頁 87～91。

九州，並在上面鐫刻魑魅魍魎的圖形，讓人們警惕，防止被其傷害。由於民以食為天，隨著祭祀的頻繁和降重，再加上九鼎傳說的推波助瀾，鼎就逐漸從一般食器發展為傳國重器，國滅則鼎遷，定都或建立王朝則稱為「定鼎」〔註304〕。

三代，鼎之用途極廣，除用以烹煮及盛放食物、祭祀鬼神、象徵王權，甚至烹殺囚犯外，也常用以賞賜銘功、記史記事，故具有顯赫、尊貴、盛大、莊重等文化意涵〔註305〕。出土的重器，如司母戊鼎、大盂鼎、大克鼎、毛公鼎、頌鼎等都十分有名。其內的銘文如毛公鼎長達 497 字，足當《尚書》一篇，具有很高的文獻價值。青銅文化是商周禮樂文明的標誌，禮以鼎為代表，樂以鐘為代表，其地位之重要由此可見。

商周禮樂極講究階級等差，鼎既為青銅禮器之冠，則鼎中盛怎樣的牲，以及鼎的數量的多少，決定著禮數的高低，因而被視為標誌性的器物〔註306〕。例如祭祀時，牛羊豕三牲俱全為太牢，只有羊豕不用牛為少牢，只用豕為特牲。又如士只能用三鼎，大夫用五鼎，諸侯用七鼎，天子用九鼎，此即所謂列鼎制度。在《左傳》宣公三年，楚莊王有意取周室代之，便問寶鼎輕重於王室官員王孫滿，結果被王孫滿教訓一番。

> 楚子伐陸渾之戎，遂至于雒，觀兵于周疆。定王使王孫滿勞楚子。楚子問鼎之大小、輕重焉。對曰：「在德不在鼎。昔夏之方有德也，遠方圖物，貢金九牧，鑄鼎象物，百物而為之備，使民知神、姦。故民入川澤、山林，不逢不若。螭魅罔兩，莫能逢之，用能協于上下，以承天休。桀有昏德，鼎遷于商，載祀六百。商紂暴虐，鼎遷于周。德之休明，雖小，重也。其姦回昏亂，雖大，輕也，天祚明德，有所底止。成王定鼎于郟鄏，卜世三十，卜年七百，天所命也。周德雖衰，天命未改。鼎之輕重，未可問也。」〔註307〕

傳世和出土的商周銅鼎，多數高約十五至二十五公分左右，並且可以肯定，商

〔註304〕朱英貴，《漢字形義與器物文化》，頁 82。

〔註305〕同上注，頁 83～84。

〔註306〕彭林，《文物精品與文化中國十五講》（北京：北京大學出版社，2007 年 8 月），頁 172。

〔註307〕周·左丘明傳，晉·杜預注，唐·孔穎達正義，《春秋左傳正義》，頁 693～695。

代貴族身分的高低可依據殉葬時所使用的斛、爵數量來劃分，至西周早期，這種風氣轉變成以鼎、簋的組合來判定貴族階級高低〔註308〕。鼎盛牲肉，簋盛黍稷，周代用鼎，常與簋組合相配，其數量也有一定規律。大抵九鼎配八簋，七鼎配六簋，五鼎配四簋，三鼎配二簋，一鼎配二簋。鼎為奇數，簋為偶數，奇為陽，偶為陰，九鼎代表國家最高的權力象徵，所以只有天子才能使用〔註309〕。可見商周二代文化的青銅禮器基本組合明顯不同，商以斛、爵為主，周以鼎、簋為主，所以鼎在西周的文化中具有不可動搖的地位。東周之後，禮樂崩壞，列鼎與用鼎制度便逐漸消失，鼎的地位也就沒落，記事銘功的功能遂由刻石取代了。

（八）鬲

鬲原本是人們日常生活所使用的陶制器皿之一，後逐漸演變成國家社稷祭祖、祭神的禮器，以及後來「有鬲氏」為四千年前的龍山文化東夷古國後裔，西遷至現今山東禹城中部，齊河的北部，濟陽的西部、北部一代，成為以製造鬲而獲得封爵立國即「古鬲國」是也。《左傳·襄公四年》提及太康十年、哀公元年也有記載「有鬲氏」的相關史料，但夏代之後的鬲的歷史記載就變得稀少，至商代雖有鬲姓，但記載十分的少。方輝指出鬲與鬲文化，既有早期文獻記載，又有相關考古發現互相印證，是少見的〔註310〕。

鬲的出現和使用出現在新石器晚期、龍山文化中晚期，為產生「蒸」這種烹飪技術奠定了基礎，為中國的飲食文化顯著特徵之一〔註311〕。

（九）匕

匕除了取肉和取黍稷稻梁的功能之外，同時也為禮器之一。《禮記·曲禮》曰：「共食不飽，共飯不澤手。毋摶飯，毋放飯…。」〔註312〕意思是與人共食時，不要只顧自己吃飽，不要摩手擦掌，不要把飯捏成團，也不要將剩飯放入

〔註308〕陳溫菊，《詩經器物考釋》，頁 28～29。

〔註309〕井上聰，《先秦陰陽五行》（武漢：湖北教育出版社，1997 年 7 月），頁 88～98。

〔註310〕魏靈，〈「尋找古鬲國」考古行動研討會綜述〉（《西北大學學報》，2011 年 11 月），頁 182。

〔註311〕魏靈，〈「尋找古鬲國」考古行動研討會綜述〉，頁 183。

〔註312〕漢·鄭玄注，唐·孔穎達等正義，《禮記正義》，頁 70。

原本的容器〔註313〕。筆者以為,古人是以手抓飯,但因為衛生關係,人類又創造一個「匕」來取食,是人類與猿猴不同,進化的另一象徵。

〔註313〕張潔,〈匕本義探尋〉,《湖北職業技術學院學報》第十二卷第 3 期,頁 48。

第參章　《說文》玉器考釋

　　周公制禮作樂，禮制是我國古代重要的制度，是一種能反映價值觀念的文化現象，若是禮制崩壞，社會也跟著大亂。《禮記·曲禮上》：「道德仁義，非禮不成」《周禮·春官宗伯》：「乃立春官宗伯，使帥其屬而掌邦禮，以佐王和邦國。」鄭注云：「禮謂曲禮五：吉、凶、賓、軍、嘉。」析而言之則為：「以吉禮事邦國之鬼神祇，以凶禮哀邦國之憂，以賓禮親邦國，以軍禮同邦國，以嘉禮親萬民。」〔註1〕而用於這些禮儀的器物稱為「禮器」，或用於宴飲、盥洗；或用於祭祀，或作為殉葬明器，專屬於朝廷貴族，如六瑞、六器、盛飯器、蒸飯器、各種酒器、水器及樂器等，材料或為玉石，或為青銅，非一般平民使用，數量較少，工藝上相對來說也更為精巧。

　　在禮制活動中，禮器中的玉器以朝聘用的六瑞與祭祀天地四方的六器為主。《周禮·春官宗伯》記載「以玉作六瑞，以等邦國。王執鎮圭，公執桓圭，侯執信圭，伯執躬圭，子執穀璧，男執蒲璧。」〔註2〕「六瑞」是六種由官方交給貴族中的王及公、侯、伯、子、男，做為爵位的證明器物，稱作「瑞」。《周禮》所記載的六種瑞玉，即禮儀上所使用的玉器，是戰國和漢初的經學家理想化的禮器系列之一。「六器」則是《周禮·春官宗伯》所記載的「以玉作六器，

〔註1〕漢·鄭玄注，唐·賈公彥疏，《周禮注疏》，頁 509。

〔註2〕漢·鄭玄注，唐·賈公彥疏，《周禮注疏》，頁 558。

以禮天地四方：以蒼璧禮天，以黃琮禮地，以青圭禮東方，以赤璋禮南方，以白琥禮西方，以玄璜禮北方。皆有牲幣，各放其器之色。」〔註3〕璧、琮、圭、璋、琥、璜，此六器，用於祭祀時稱爲「祭玉」，用於朝覲時稱爲「瑞玉」，因使用的場合不同，名稱而有所變化。到了漢代只有璧和圭兩種可以繼續作爲禮器使用。璜和琥皆只用於佩飾，琮和璋到了漢代不再制作〔註4〕。可見祭玉及瑞玉的使用到漢代已逐漸簡化。

本章擬以「六器」璧、圭、璜、琥、琮、璋六種玉類禮器爲第一節，第二節則是將其餘玉類禮器依《說文》之釋義分類，由大而小，由圓到缺排序。

第一節　六器類玉器

（一）璧

甲骨文	甲骨文	甲骨文
𤔲	𠂤	𤰒
花東 37 子組	花東 180 子組	花東 180 子組

金文	金文	金文	金文	小篆
璧	璧	璧	璧	璧
洹子孟姜壺	洹子孟姜壺	洹子孟姜壺	召伯簋	頁 12

《說文》段注：「璧，瑞玉。圜也。瑞，以玉爲信也。〈釋器〉：『肉倍好謂之璧。』邊大孔小也。鄭注《周禮》曰：『璧圜象天。』从玉，辟聲。比激切，十六部。」（頁 12）

1、字形說明

《古文字詁林》中未收錄璧字甲骨文，但並不代表不見於現存之甲骨文。

〔註3〕漢・鄭玄注，唐・賈公彥疏，《周禮注疏》，頁 561～562。

〔註4〕史樹青主編，《古玉搜藏三百問》（長春：吉林出版集團有限責任公司，2008 年 3 月），頁 46。

2009 年出版的《新甲骨文編》〔註5〕即收錄了璧字甲骨文，甲骨文最早無璧字，只有辟字。辟之本義爲刑法的一種，璧字由辟加玉，辟字爲璧之先造字，在甲骨文中，璧字尙未有玉偏旁。段注云：「瑞，以玉爲信也。」是表示璧爲印信憑證之物。璧之本義爲被加工成圓片的有孔玉石。金文从玉，从●，辟聲。●爲不獨立成文之形符，象圓片玉璧。共有从●、省●兩種字型，𤪐（洹子孟姜壺）是有从●之璧字，同樣在洹子孟姜壺上的𤪐、𤪐就是省●的璧字。𤪐（召伯簋）〔註6〕也是沒有从●的字型。辟，爲聲符，表示劈開、切分。小篆承續金文字形作𤪐。

2、器物形制

段注云：「肉倍好謂之璧。邊大孔小也。」據《爾雅・釋器》，今存之古玉璧形，與此說合。其基本形制爲一種中央有穿孔的扁平狀圓形玉器，作用是用於禮天。各時期的玉璧各有特色。如新石器時代各種文化都出現了玉器，長江流域以良渚文化爲代表，良渚文化屬於新石器晚期，其玉器規律性的出土於高土壇上的大墓之中，每墓普遍有幾十、幾百件，玉質採用的是當地所產的透閃石質玉材，多數不純〔註7〕。1930 年，浙江餘杭縣良渚遺址出土玉璧〔註8〕二件，是中國最早出土的良渚玉器之一。但在 1987 年，瑤山遺址出土良渚文化玉器六百三十五件〔註9〕，其中並沒有發現玉璧。因此，不少學者對於《周禮・春官宗伯》中所說的「以玉作六器，以禮天地四方。」〔註10〕提出質疑，認爲良渚的玉琮、璧不一定是玉禮器，而璧可能是良渚先民財富的象徵，也有學者推斷它是中國貨幣的始祖〔註11〕。良渚文化晚期這一文化的象徵

〔註5〕 劉釗、洪颺、張新俊，《新甲骨文編》，（福州：福建人民出版社，2009 年 5 月），頁 21～22。

〔註6〕 容庚，《金文編》，頁 24。

〔註7〕 史樹青主編，《古玉搜藏三百問》，頁 83。

〔註8〕 施昕更，《良渚》（杭州：浙江教育廳，1938 年），頁 40。

〔註9〕 浙江省文物考古研究所，《餘杭瑤山良渚文化祭壇發掘簡報》，《文物》，1988 年第一期。

〔註10〕 漢・鄭玄注，唐・賈公彥疏，《周禮注疏》，頁 561～562。

〔註11〕 屠燕治，《試論良渚玉璧在貨幣文化中的歷史地位》，《良渚文化玉璧研究論文集》（南宋錢幣博物館，1999 年），頁 28～46。

物——玉琮、玉璧等，也同樣出現在江西、廣東等地，許多學者將其作爲該文化晚期消亡的證據〔註12〕。但依《周禮》：「以蒼璧禮天」之說，璧至少在周代爲祭天之玉器應無可疑。

圖 3-1.1　戰國時期秦・蟠虺紋玉璧〔註13〕

（二）琮

甲骨文	甲骨文	甲骨文	甲骨文	小篆
丑	苯	屮	苯	琮
甲骨文詁林	合 5505白組	合 32806白歷間	合 22088 午組	頁 12

《說文》段注：「琮，瑞玉。大八寸，似車釭。鄭注《周禮》曰：『琮，八方象地。』〈玉人〉曰：『大琮尺二寸，射四寸。』注：『射，其外鉏牙。』疏云：『角各出二寸，兩相幷，四寸也。』玉裁按，除去射四寸，則大琮八方之徑八寸。許云『瑞玉。大八寸』者，謂大琮也。其他琮不言射。惟琭琮大八寸。如車釭者，蓋車轂空中不正圜，爲八觚形，琮似之。琮，釭疊韻。从王，宗聲。藏宗切。九部。」（頁 12）

1、字形說明

琮字之甲骨文，學界有不同的見解，《甲骨文詁林》將 丑字編爲玉字。丑字

〔註12〕張明華，《古代玉器》（北京：文物出版社，2006 年），頁 17～21。

〔註13〕劉雲輝，〈陝西出土的古代玉器——春秋戰國篇〉，頁 12。

歷代有許多學者持不同看法，饒宗頤、葉玉森、王國維、魯實先等人認為 玨 為珏字，連邵名認為此為玉字，沈之瑜認為《甲骨文編》釋為朋字誤，應為琮字〔註14〕。玨字多用於燎祭〔註15〕，但「玨」、「玉」則無此種跡象，是否確為琮字初形，應待進一步考證。《新甲骨文編》所列 12 琮字，皆似上表所列，與 玨字不同。琮是為內圓外方之立方體，甲骨文 玨的確有其之影，筆者頗為贊同沈之瑜之說，但由於琮字不見於現存之金文中，無法判其源流。而小篆又作從玉宗聲的形聲字琮，與甲骨文象其形者頗為不同。

2、器物形制

良渚文化遺址中出現了很多玉琮，用法也是多樣的，但以外表分節，並有「獸面紋」為其特點。龍山文化陶寺類型的山西襄汾縣陶寺遺址出土距今 4000 年的扁矮型玉琮，與距今 4000～5000 年的良渚文化玉琮形器有所區別，是我國迄今發現的最北部琮形器出土資料之一。玉琮在商代的數量不多，同新石器石代相比，商代至戰國的玉琮有明顯的衰退趨勢，漢代之後幾乎消失〔註16〕。圖四的秦式龍紋殘玉琮明顯的與圖一到圖三的玉琮形制完全不同。

1982 年，常州武進寺墩遺址三號墓，出土的 106 件玉器環繞、鋪墊、覆蓋在人骨架上、下、周圍，且其中十三件有明顯被火燒過的痕跡，可能為中國古代的「玉斂葬」之有力證據，還有學者依遺址布局，得出了「寺墩遺址（古國），是依照玉琮的形制來設計這座城的，寺墩遺址本身就是一個大琮」的結論〔註17〕。玉琮，是指內圓外方的立方體，兩端貫以通孔的器物，常刻有人面紋或獸面紋，是中國「天圓地方」觀念的體現。其用途一般認為是祭祀天地的法器，考古學界目前尚無統一的認識。

〔註14〕于省吾主編，《甲骨文字詁林》四冊，頁 3297。

〔註15〕燎祭為商代祭祀儀式之一。把玉帛、犧牲放在柴堆上，焚燒祭天。

〔註16〕史樹青主編，《古玉搜藏三百問》，頁 36、95。

〔註17〕車廣錦，〈玉琮與寺墩遺址〉，《東方文明之光》（海口：海南國際新聞出版中心，1996 年），頁 371～373。

圖 3-2.1　新石器時代・浙江餘杭反山遺址出土玉琮〔註18〕

圖 3-2.2　新石器時代・山西襄汾陶寺遺址出土玉琮〔註19〕

圖 3-2.3　商代・西安老牛坡遺址，圓形玉琮〔註20〕

〔註18〕 張明華，《古代玉器》，頁20。

〔註19〕 張明華，《古代玉器》，頁28。

〔註20〕 劉雲輝，〈陝西出土的古代玉器——夏商周篇〉，《四川文物》2008年第05期，頁3。

圖 3-2.4　秦式龍紋殘玉琮〔註21〕

（三）圭

甲骨文	甲骨文	金文	金文	金文	古文	小篆
合 18546 𠂤組	合 33085 歷組	師遽方彝	多友鼎	召伯簋二	从玉	頁 700

《說文》段注：「圭，瑞玉也。瑞者，以玉爲信也。上圜下方。圭之制，上不正圜。以對下方言之，故曰上圜。上圜下方，法天地也。故應劭曰：『圭自然之形。陰陽之始也。以圭爲陰陽之始，故六十四黍爲圭。四圭爲撮，十圭爲一合。量於此起焉。』《方言》曰：『鼁，始也。』多不得其解。愚謂鼁從圭聲，與圭同音。鼁始也、卽圭始也。公執桓圭九寸。桓，玉部作瓛，此不改者，依《周禮》文也。鄭曰雙植謂之桓。桓圭以宮室之象爲瑑飾。侯執信圭，伯執躬圭，皆七寸。鄭曰：『信當爲身。身圭、躬圭皆象以人形爲瑑飾。九寸、七寸謂其長也。子執穀璧。男執蒲璧。皆五寸。二玉以穀以蒲爲瑑飾。五寸謂其徑也。㠯封諸侯。』詳《周禮·大宗伯·典瑞·玉人》天子以封諸侯，諸侯守之以主其土田山川，故字从重土。重土者，土其土也。古畦切，十六部。……珪，古文圭。从王，古文从玉。

〔註21〕劉雲輝，〈陝西出土的古代玉器——春秋戰國篇〉，《四川文物》2010 年第 05 期，頁 8。

謂頒玉以命諸侯，守此土田培敦也。小篆重土而省玉，蓋李斯之失

與？今經典中圭、珪錯見。圭、珪移於部末者，許例當如此也。」

（頁 700）

1、字形說明

圭字不見於《古文字詁林》中，《新甲骨文編》中收錄 6 個圭字，皆與今日所見圭形似，可信。金文皆从雙土作〈師遽方彝〉之 圭、〈多友鼎〉之 圭、〈召伯簋二〉之 圭〔註22〕。小篆遵循金文从雙土如 圭，圭字為玉類禮器唯一不从玉的字，唯其古文作从玉的 珪。玉與土性質相類似，段注也云「小篆重土而省玉，蓋李斯之失與？今經典中圭、珪錯見。圭、珪移於部末者，許例當如此也。」後加上玉旁為「珪」字，經典中圭、珪皆有。又許慎《說文解字》的條例，凡重疊部首的字，如重土的圭，均置於該部末端，二徐今「圭」字皆不在部末，段氏依許慎之條例，改之。

2、器物形制

魯實先先生《文字析義》云：「（圭）以土圭為本義。從二土者，一以示其質，一以示其度地之用。……圭從二土會意，土不駢列者，所以象範土而高。大圭、鎮圭……之屬，其質皆玉，故以典瑞掌之，而以玉人治之。以其形如土圭，故名之曰圭。……自圭而孳乳為珪，則為瑞玉之本字。……審此則圭珪義各有主。許氏徒見〈典瑞〉與〈玉人〉皆作圭，故誤以圭珪為一字。則圭之從二土會意者，義不可通矣。」〔註23〕魯先生認為圭之本義為土圭，則為天文儀器而非瑞玉，瑞玉之本字為珪。魯先生的說法獨有所見，與前人之說皆有不同。

圭的基本形制為上端前薄，作方頭的形狀。夏代玉圭，本屬禮器，但尾端有裝柄的痕跡，究竟圭應有柄，還是稱謂有誤，頗費思量〔註24〕。玉圭為龍山文化玉器中的典型器物，其造型的共性為：平首式，頂緣有刃，無磨損痕跡，下部有孔，孔上下有陽線雕橫向平行線，或有人面紋、獸面紋、鳥紋等〔註25〕。

〔註22〕容庚，《金文編》，頁 887。

〔註23〕魯實先，《文字析義》（台北：魯實先全集編輯委員會，1993 年 6 月），頁 785。

〔註24〕張明華，《古代玉器》，頁 36。

〔註25〕史樹青主編，《古玉搜藏三百問》，頁 31。

到了商代，圭的形式有二：一是平首，圭身釋雙鉤弦紋，另一則是尖首平端，近似後代的圭。商圭延續龍山文化的樣式，平首添加了繩索類的紋飾。到了商代中晚期，玉圭的形狀，紋飾又有變化，多於底部有平頂或弧狀凸起、凹下、微降、尖鋒等改變〔註26〕。到西周時期所使用的圭，一種源於商代玉器，長方形，一端似有刃的片狀玉圭，對西周玉器產生了影響。另一種圭，則由戈演變而來，兩側對稱性更強，逐漸演化成東周有尖狀圭角的圭〔註27〕。

圖 3-3.1　戰國・玉圭〔註28〕

（四）璋

金文	金文	金文	小篆
𤰫	𤦲	𤩾	璋
不从玉，蔺簋	子璋鐘	楚王酓璋戈	頁12

　　《說文》段注：「璋，剡上為圭。〈聘禮記〉曰：『圭剡上寸半。』〈雜記〉曰：『剡上左右各半寸。』半圭為璋。見《詩》毛傳及《公羊傳》注、《周禮》注。从玉，章聲。諸良切。十部。《禮》六幣：『圭以馬，

〔註26〕史樹青主編，《古玉搜藏三百問》，頁37。

〔註27〕史樹青主編，《古玉搜藏三百問》，頁40。

〔註28〕楊伯達主編，《中國玉器全集》（石家莊：河北美術出版社，2005年1月），頁135。

璋以皮，璧以帛，琮以錦，琥以繡，璜以黼。』見《周禮·小行人》。
注：『六幣，所以享也。享天子用璧，享后用琮。皆有庭實，以馬若
皮。皮，虎豹皮也。用圭璋者，二王之後也。二王後尊，故享用圭
璋而特之。其於諸侯，亦用璧琮耳。子男於諸侯，則享用琥璜，下
其瑞也。』按，六玉皆見上文。圭見璋字下。故引《禮》總言其所
用之幣。」（頁 12）

1、字形說明

璋字早期金文，璋寫作爲 𩇵，不從玉，到了晚期，璋加上玉字旁成爲形聲
字，如 𤪷〔註29〕。涂白奎在〈璋之名實考〉一文中提出商的本義爲璋，甲文之
𩇵亦見於金文。金文璋字早期作 𩇵，從辛從 ⊙。辛乃璋形，⊙ 象璧形，明
其質爲玉〔註30〕，可聊備一說。銅器銘文的〈楚王酓璋戈〉中作長形的 𩇵，玉
部置於字體下方，文字長度與寬度之間的比例十分誇張，與金文的〈王孫遺者
鐘〉、〈曾侯編鐘〉簡帛的《包山楚簡》、《郭店楚簡》等相類似，是深受鳥蟲書
富於裝飾性的影響，頎長秀美，線條詰曲，文字裝飾的意味厚重〔註31〕。小篆
作 𤪷。

2、器物形制

在出土文物中，玉璋最早出現於商代早期，到了西周時代也陸續有發現，
但大量出土的文物最多的還是在東周時期。若墓主是大夫級別以上的貴族，
幾乎都可以見到一到兩件璋來陪葬，可能是一種身分標志。在《周禮·冬官
考工記》記載：「大璋亦如之，諸侯以聘女。大璋、中璋九寸，邊璋七寸。射
四寸，厚寸。黃金勺，青金外，朱中。鼻寸，衡四寸。有繅。天子以巡守，
宗祝以前馬。琢圭璋八寸，璧琮八寸，以覜、聘。牙璋、中璋七寸，射二寸，
厚寸，以起軍旅，以治兵守。」〔註32〕〈考工記〉所記載的璋有五種，尺寸

〔註29〕容庚，《金文編》，頁 25。

〔註30〕李圃主編，《古文字詁林》第一冊，（上海：上海教育出版社，2001 年 12 月 01 日），
頁 265。

〔註31〕張傳旭，《楚文字形體演變的現象與規律》（首都師範大學博士論文，2002 年），頁
111、112。

〔註32〕漢·鄭玄注，唐·賈公彥疏，《周禮注疏》，頁 1318。

與出土文物可以互證。璋，依功能可分為三種：1. 大璋、中璋、邊璋，指的是大璋瓚、中璋瓚、邊璋瓚〔註 33〕，三者作用相同，於天子巡狩時祭祀山川所用，並於祭祀後埋沉。另外，諸侯聘女、餽贈、喪葬也可用璋。2. 牙璋是軍旅傳達命令用的信符。3.赤璋是祭祀南方之神朱雀的禮器〔註 34〕。《說文》：「半圭爲璋。」璋與圭在文獻中常常同時出現，兩者形制之區別爲：璋爲矩形，其頂端一側斜出，呈左側一角；圭同爲矩形，其頂端兩側同向中間斜出，銳角在中央，形制與行禮都相同〔註 35〕。《周禮・春官・典瑞》中也提到有殮尸的功用，其文曰：「疏璧琮以斂尸。」〔註 36〕不過歷代有很多學者都認爲《周禮》是一本理想化的禮制古籍，但不可能全都憑空想像而來，必是從日常生活器物及前代人所用的物品想像而描寫。璋，雖有大璋、中璋、邊璋、牙璋、赤璋這五種型式，但其實也是依色澤及大小的不同而有所區別，也反映了理想化後，系統分別的結果。

在三星堆出土的玉器中玉璋是最大宗的一類，中國目前發現的最大的玉璋和最小的玉璋都在三星堆博物館〔註 37〕裡。但三星堆的玉璋獨樹一幟，它的器形與製作都與眾不同。也有學者認爲，三星堆玉璋已經形成一種獨特的風格，顯示同中原玉璋相區別，可稱之爲「蜀式玉璋」。

今本《周禮・小行人》注「享天子用璧」上有無「五等諸侯」，「故享用圭璋而特之。」下有「〈禮器〉曰：『圭璋特』，義亦通於此。」〔註 38〕《段注》所引略有刪節。

〔註 33〕劉道廣、許暘、卿尚東編，《圖證考工記：新注・新譯及其設計學意義》（南京：東南大學出版社，2012 年 3 月），頁 76～77

〔註 34〕陳溫菊，《詩經器物考釋》，頁 14～15。

〔註 35〕劉道廣、許暘、卿尚東編，《圖證考工記：新注・新譯及其設計學意義》，頁 76～77。

〔註 36〕漢・鄭玄注，唐・賈公彥疏，《周禮注疏》，頁 636。

〔註 37〕三星堆博物館網站 http://www.sxd.cn/page/default.asp

〔註 38〕漢・鄭玄注，唐・賈公彥疏，《周禮注疏》，頁 1186～1187。

圖 3-4.1　春秋晚期・山西省侯馬市秦春盟誓遺址玉璋〔註39〕

圖 3-4.2　三星堆博物館藏玉璋〔註40〕

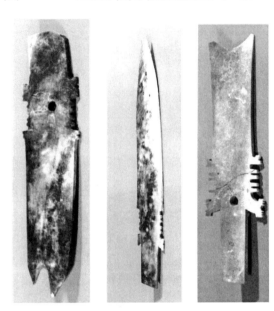

（五）琥

包山楚簡	小篆	大徐小篆
琥	琥	琥
218	頁 12	

《說文》段注：「琥，發兵瑞玉。《周禮》：『牙璋以起軍旅，以治兵守。』不以琥也。漢與郡國守相爲銅虎符，銅虎符從第一至第五，國家當發兵，遣使者至郡國合符，符合乃聽受之。蓋以代牙璋也。

〔註39〕楊伯達主編，《中國玉器全集》，頁 255。

〔註40〕楊伯達主編，《中國玉器全集》，頁 173。

許所云未聞。**爲虎文**。瑑虎爲文也。鄭注《周禮》:『琥猛象秋嚴。』**從王，虎聲**。呼古切。五部。《春秋傳》曰:『賜子家子雙琥。』是。昭公卅二年《左傳》文。」（頁 12）

1、字形說明

琥字包山楚簡从玉从虎**琥**（218），與小篆沒有太大的分別，只是字形較爲草率，小篆作从玉，虎聲的**琥**。大徐本作**琥**。

2、器物形制

玉琥是玉禮器之一，一般會猜想其爲虎形玉器。但孫慶偉認爲：

> 中山王墓西庫殘留的玉器中，編號爲 XK：347、349、352、354、
> 355 的五件龍形佩則均有墨書文字自名爲「虎」，這些器物的發現同
> 時證明所謂的當作「龍」形而非望文生義的「虎」形〔註41〕。

而其書又認爲琥爲珩的一種，其構造爲器體中部有一孔，與普通的珩功用等同〔註42〕。（見圖 3-5.2）

圖 3-5.1　西周早期・玉伏虎〔註43〕

圖 3-5.2　中山王墓出土的玉虎和玉珩〔註44〕

〔註41〕孫慶偉，《周代用玉制度研究》〔上海：上海古籍出版社，2008 年 8 月〕，頁 193。

〔註42〕孫慶偉，《周代用玉制度研究》，頁 193。

〔註43〕楊伯達主編，《中國玉器全集》，頁 195。

〔註44〕孫慶偉，《周代用玉制度研究》〔上海：上海古籍出版社，2008 年 8 月〕，頁 194。

（六）璜

甲骨文	甲骨文	金文	金文	金文	小篆
2550	2550	縣妃簋	琱生簋二	琱生尊	頁 12

《說文》段注：「璜，半璧也。鄭注《周禮》、高注《淮南》同。按
《大戴禮》，佩玉下有雙璜，皆半規，似璜而小。古者天子辟廱，築
土雝水之外圜如璧，諸矦泮宮，泮之言半也。蓋東西門以南通水，
北無也。鄭箋《詩》云爾。然則辟廱似璧，泮宮似璜，此黌字之所
由製歟。从王，黃聲。戶光切。十部。」（頁 12）

1、字形說明

璜字甲骨文爲黃，作 、，金文璜有不从玉，如〈縣妃簋〉〔註45〕與黃
同作 ，或从玉黃聲如西周晚期〈琱生簋二〉作 及《新見金文編》所收錄西
周晚期的〈琱生尊〉作 〔註46〕。小篆作从玉黃聲的 ，可知從金文始从玉
黃聲之璜字已出現。

2、器物形制

璜，爲弧形片狀玉器，形似半個環形，像璧的一半，《說文》釋爲「半璧
也。」早期爲半圓形，晚期爲半璧形。《周禮・春官・大宗伯》：「以玄璜禮北
方」〔註47〕，但在考古發掘中，璜多在墓主的胸腹部，置於心腹處。其功用除
了當胸腹部佩飾外，也作爲禮器。一般成雙成對使用，繫之於佩的末端。

〔註45〕 容庚，《金文編》，頁 25。

〔註46〕 《考文》，2007 年第 3 期，頁 8。

〔註47〕 漢・鄭玄注，唐・賈公彥疏，《周禮注疏》，頁 561～562。

圖 3-6.1　殷墟婦好墓璜〔註48〕

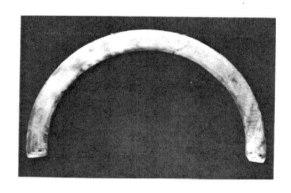

圖 3-6.2　殷墟婦好墓瑗〔註49〕

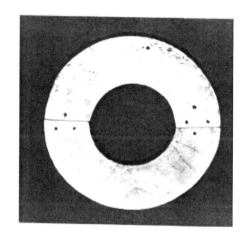

圖 3-6.3　殷墟婦好墓璜〔註50〕

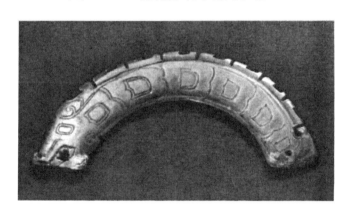

〔註48〕中國社會科學院考古研究所、文物出版社,《殷墟婦好墓》,圖版 95。

〔註49〕中國社會科學院考古研究所、文物出版社,《殷墟婦好墓》,圖版 95。

〔註50〕中國社會科學院考古研究所、文物出版社,《殷墟婦好墓》,圖版 99。

第二節　其它類玉器

（一）環

金文	金文	金文	包山楚簡	小篆
𡆥	𤫷	環	瓄	環
番生簋	師遽方彝	毛公厝鼎	一九〇	頁 12

《說文》段注：「環，璧肉好若一謂之環。亦見〈釋器〉。古者還人以環，亦瑞玉也。鄭注〈經解〉曰：『環取其無窮止。』肉上舊衍『也』字。从王，睘聲。戶關切。十四部。環引伸爲圍繞無端之義。古祇用『還』。」（頁 12）

1、字形說明

環字造字之本義爲有孔的圈狀美玉。金文爲「玉」加「睘」而成，睘在《說文》中釋爲「目驚視也」（頁 133），郭沫若在《金文叢考・釋共》中提到「余謂睘即玉環之初文，象衣之當脛處有環也。從目，示人首所在之處。」[註51] 但也有一說是金文本義爲衣領的圓狀領口，引申爲圓形玉璧。環字金文有三種字體，如〈番生簋〉中不從玉的𡆥，〈師遽方彝〉中從玉而無目的𤫷及〈毛公厝鼎〉中從玉而有目的環 [註52]。小篆承續金文之意作環。

2、器物形制

《爾雅・釋器》：「肉倍好，謂之璧。好倍肉，謂之瑗。肉好若一，謂之環。」郭璞注云：「肉，邊。好，孔。……璧亦玉器，子男所執者也。」[註53] 玉的部分叫肉，中間的圓孔叫好。璧、瑗、環三者之別，在於肉之大小，意其制度，均與璧同。如果肉的寬度大於好，就叫「璧」。肉的寬度和好的寬度相當，就叫「環」。如果肉的寬度小於好，就叫「瑗」。而環有缺口的就叫「玦」。簡單的說，凡是寬邊而孔小的是「璧」；窄邊孔大的是「瑗」；邊與孔相等的是「環」。但出土玉環均是好大於肉，其命名與《爾雅》不同，可能是後人所命。

〔註51〕郭沫若，《金文叢考》，頁 219。

〔註52〕容庚，《金文編》，頁 25。

〔註53〕十三經注疏編委會：《爾雅注疏》（北京：北京大學出版社，2000 年 12 月），頁 166～167。

　　商代環有兩種：一種是整塊玉雕琢成的圓形玉環。另據王國維《說環玦》中考證還有一種有三片璜組合而成的連環。「顧余讀《春秋左氏傳》：『宣子有環，其一在鄭商。』知壞非一玉所成。歲在己未，見上虞羅氏所藏古玉一，共三片，每片上侈下斂，合三而成規。片之兩邊各有一孔，古蓋以物系之。余謂此即古之環也。環者，完也，對玦而言。闕其一則爲玦。玦者，缺也。」〔註54〕當然，這種形制的環較爲少見。

圖 3-7.1　春秋晚期・玉環〔註55〕

圖 3-7.2　戰國時期秦國・金獸面銜玉環〔註56〕

〔註54〕王國維，《觀堂集林》，頁 160。

〔註55〕楊伯達主編，《中國玉器全集》，頁 227。

〔註56〕劉雲輝，〈陝西出土的古代玉器──春秋戰國篇〉，《四川文物》2010 年第 05 期，頁 13。

（二）玦

甲骨文	小篆
(字形)	玦
一期，粹一三二五	頁 13

《說文》段注：「玦，玉佩也。《九歌》注曰：『玦，玉佩也。先王
所以命臣之瑞。故與環卽還，與玦卽去也。』《白虎通》曰：『君子
能決斷，則佩玦。』韋昭曰：『玦如環而缺。』从玉，夬聲。古穴
切，古音在十五部。」（頁 13）

1、字形說明

玦爲缺口之環，故置於環字之後。

《甲骨文編》中未收錄玦字。但徐中舒所主編的《甲骨文字典》玦字即云
「∪象玦形，爲環形而有缺口之玉璧，以兩手持之會意，隸定爲夬，即玦之初
文。」[註57] 徐中舒於「夬」字云：

> 釋者多家：劉鶚釋哉，孫詒讓釋叏，胡小石釋爭，葉玉森疑爲殺之
> 初文，唐蘭釋韋，柯昌濟釋爰，于省吾釋曳，後又釋爭，今按諸家
> 所釋皆不確。叏之∪實象玦形，爲環形而缺口之璧。以兩手持之
> 會意，爲玦之本字，從玉爲後加義符。[註58]

筆者也同意徐中舒的看法，且玦字由「玉」和「夬」所組成，玉表其材質，夬
爲標音的聲符又兼表義。徐鍇也云：「玦，環之不周者。」[註59] 也就是玦爲不
完整的環，其名稱來源於「夬」，故其形有缺口。玦字小篆作玦。

2、器物形制

玉玦，起源於新石器時代。長江流域出土的爲圓形，有一缺口，素面無
紋，是一種耳飾。東北地區紅山文化遺址出土的則是形體較大，呈團身龍狀，
有些缺口還沒有完全鋸開，與南方的玉玦有所不同。這種玉玦的頸部可穿孔，

[註57] 徐中舒，《甲骨文字典》，頁 34。

[註58] 徐中舒，《甲骨文字典》，頁 285～286。

[註59] 南唐・徐鍇，《說文解字繫傳》，頁 9。

可掛於人身作爲佩飾。商代和紅山文化的玦在形式上有明顯的繼承關係。春秋戰國時期玉玦數量最多，特徵是形體較小〔註60〕。

圖 3-8.1　春秋早期・玉玦〔註61〕

圖 3-8.2　春秋早期・玉玦〔註62〕

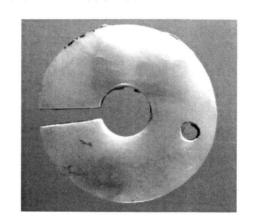

（三）瑁

天星觀楚簡	陶文	大徐本古文	小徐本古文	古文	小篆
珇	珇	珇	珇	玥	瑁
	陶文編 1.4	頁 11	頁 7	古文从月	頁 13

《說文》段注：「瑁，諸矦執圭朝天子，天子執玉以冒之，似犂冠。

〔註60〕史樹青主編，《古玉搜藏三百問》，頁 38、94。

〔註61〕楊伯達主編，《中國玉器全集》，頁 218。

〔註62〕楊伯達主編，《中國玉器全集》，頁 221。

《周禮》曰：『天子執瑁四寸。』〈玉人〉曰：『天子執冒四寸以朝諸侯。』注：『名玉曰冒者，言德能覆蓋天下也。四寸者方，以尊接卑，以小上爲貴。』《尚書大傳》曰：『古者圭必有冒，不敢專達也。天子執冒以朝諸侯，見則覆之。故冒圭者，天子所與諸侯爲瑞也，諸侯執所受圭以朝於天子。瑞也者，屬也。』斄冠，《爾雅》注作犂錧，謂耜也。《周禮·匠人》：『耜廣五寸，二耜之伐廣尺。耜刃方，瑁上下方似之。』**从王，冒，冒亦聲。**莫報切。古音在三部。《考工記》以冒爲瑁。珇，古文，从冃。各本篆作珇，云古文从目。惟《玉篇》不誤。此蓋壁中〈顧命〉字。」（頁 13）

1、字形說明

瑁字陶文作从目的 珇，與《說文》大小徐本所附之古文同，蓋省冒爲目。段玉裁改作珇，蓋取其聲。目冃形聲俱近，故段氏以爲各本有誤，據《玉篇》作珇。又《天星觀楚簡》有 珇 [註63] 字，與陶文相同，从目不从冃。小篆作瑁。

2、器物形制

《說文》引《周禮·冬官考工記》載：「天子執瑁四寸，以朝諸侯。天子用全，上公用龍，侯用瓚，伯用將。繼子男，執皮帛。」[註64] 認爲瑁是在諸侯執圭朝天子時，天子執瑁以朝諸侯，天子執掌的瑁，長四寸，在朝爲諸侯時使用。

（四）瓏

小篆
瓏
頁 12

《說文》段注：「瓏，禱旱玉也。未聞。爲龍文。瑑龍爲文也。《左傳》：『昭公使公衍獻龍輔於齊侯。』《正義》引《說文》爲說。**从王，龍聲。**力鍾切，九部。」（頁 12）

〔註63〕黃錫全，《汗簡注釋》（武漢：武漢大學出版社，1990 年），頁 71～72。

〔註64〕漢·鄭玄注，唐·賈公彥疏，《周禮注疏》，頁 1311～1316。

1、字形說明

瓏字小篆作从玉，龍聲之瓏。

2、器物形制

瓏字，許慎於《說文》中解爲「禱旱玉。」是其功能，至其形制並無說明，只知是天旱祈雨所用的龍形玉器。而段注釋「禱旱玉」是「未聞」，表示其說在古書中無可稽考。學界一般的看法認爲，龍可能是上古時代的想像生物，古人不明天象，雷雨來時，天上便有閃電出現，古人不知是什麼東西，以爲是天上的一種動物，而在牠出現之時，總會聽到「龍、龍」的聲音，就把牠讀作龍。龍的出現，總在大雨之時，因此認爲牠與雨水有關，天旱之時，向牠求雨，必降甘霖。於是將玉製成龍形，就是「瓏」的來由。所以《說文》說：「瓏，禱旱玉也。」

出土於五千年前的紅山文化玉龍和玉鳳鳥已初具雛形，被認爲是中國最早龍形藝術實物和鳳鳥藝術實物，也是目前中國出土的時代最早的龍形玉器。商代龍形玉器的造形主要表現在龍形璜上，周代玉龍則發現的較少〔註65〕。至於玉龍是否眞的爲許慎所說之「瓏」，還有商榷的可能性。龍形的玉器有很多，如環、璜、玦、璧等皆有龍型實物或是刻有龍紋實物出土，筆者認爲，瓏應爲玉龍的一種。

自夏商始，龍的形象日漸一致，演變爲傳統型四足玉龍，張明華在《古代玉器》中認爲，這是政治和意識型態漸趨統一的必然成果。在具有前後承繼關係的器形上，極有可能同時傳承著風俗習慣、宗教信仰等主流信息，由此可見玉龍研究的重要性〔註66〕。

圖 3-9.1 春秋晚期・玉瓏〔註67〕

〔註65〕史樹青主編，《古玉搜藏三百問》，頁 106〜107。

〔註66〕張明華，《古代玉器》，頁 148〜149。

〔註67〕楊伯達，《中國玉器全集》，頁 256，圖版 116。

圖 3-9.2　後世所繪漢代之瓏〔註68〕

（五）琀

小篆
琀
頁 19

《説文》段注：「琀，送死口中玉也。〈典瑞〉曰：『大喪共飯玉、含玉。』注：『飯玉，碎玉以雜米也。含玉，柱左右顛及在口中者。』〈雜記〉曰：『含者執璧將命。』則是璧形而小耳。《穀梁傳》曰：『貝玉曰含。』按，琀，士用貝，見〈士喪禮〉；諸矦用璧，見〈雜記〉；天子用玉。**從王、含，含亦聲**。胡紺切。古音在七部。經傳多用含，或作唅。」（頁 19）

1、字形說明

琀字小篆作从王、含聲的琀。琀字段注認爲是「亦聲字」，以含作爲聲符，既表聲，也表義，《說文》「含，嗛也。」，可見琀是將玉放在死者口中的玉器。

2、器物形制

琀，是玉葬器之一，放於死者口中。由飯含演變而來，不同時代，不同階層所含不一，形制各異。

〔註68〕孫機，《漢代物質文化資料圖說》（1991 版），頁 367。

圖 3-10.1 上海青浦崧遺址出土新石器時代玉玲〔註69〕

圖 3-10.2 戰國早期・玉玲〔註70〕

第三節 小 結

　　隨著二十世紀以來許多史前遺址的發掘，新石器時代大量的精美玉器得以出土面世，珍貴的實物玉器和圖像資料──第四重證據〔註71〕──成為我們研究史前時代的玉器的重要途徑與方法，《說文》中有出土實物或有古文字可考的重要玉製禮器共十三種。新石器時代中晚期為玉器從日常生活用品轉為禮器的重要時期，玉禮器的出土，代表了新石器時代社會階層出現的可能性，巫鴻認為，禮器、用器的區分，禮器為藏禮之器，從斧等工具演變過來的如鉞、圭等玉器，在進入父權社會以後具有表示權力的象徵性〔註72〕，如：龍山文化三里河的成組玉器及良渚文化的玉權仗、玉琮、玉璧、玉璜等，雖然先民未必將玉器作為禮器使用，或為裝飾品，或為生活用具，但已顯示使用者身分較為特殊。新石器時代良渚文化的玉器，幾乎每件都有神秘的功能，如琮、璧可能為法器，以其琢有人獸紋而具有某種巫術的力量。

〔註69〕張明華，《古代玉器》，頁150。

〔註70〕楊伯達，《中國玉器全集》，頁270。

〔註71〕三重證據並未得到普遍承認，四重證據法恐更難，聊備一格可也。

〔註72〕巫鴻著，鄭岩等譯，《禮儀中的美術》（北京：三聯書店，2005年），頁535。

商代物質文化一直以精美的青銅器著稱，但此時的玉器也一樣多彩多姿，如殷墟婦好墓，所出土的七百五十五件玉器是中國商代晚期玉器的代表，題材廣泛，《周禮》所記載的玉製禮器此時大抵完備（除了璋之外），器形多變、工藝精良，對於研究《周禮》玉器有很大的幫助。先秦的玉器主要有三個功用，一是祭祀，二是佩飾，三是交換的信物。到了漢代玉器則可分為四類：一、祭玉、瑞玉，二、佩飾，三、用器、容器，四、浮雕和圓雕的藝術品，後兩者不列入此文討論範圍。從以上各字的探討可得知下列數點結論：

一、喪葬用禮器所反映的現象

祭玉、瑞玉主要是指《周禮》六器：璧、琮、圭、璋、琥、璜，用於祭祀時稱為「祭玉」，用於朝覲時稱為「瑞玉」。但到了漢代只有璧和圭兩種可以繼續作為禮器使用。璜和琥皆只用於佩飾，琮和璋到了漢代不再製作〔註73〕。可見祭玉及瑞玉「禮」的功用逐漸減弱。璧也慢慢成為隨葬品，與《周禮》中「疏璧琮以殮屍」的說法一致。禮器為主的隨葬品習俗從商代開始一直延續到西漢初年，不過戰國晚期開始，隨葬品從禮樂器慢慢轉變為生活器具，應該是因為春秋晚期至戰國時代，禮教不彰所呈現的現象。蒲慕州在《墓葬與生死——中國古代宗教的省思》中認為：

> 這種趨勢反映出一種集體意識的轉變：以禮器為主的隨葬方式所強調的是一種死者生前所享有的政治地位（雖然此政治地位也當然牽涉到財富），而以日常生活用具為主的隨葬方式則似乎比較關心死者在死後世界中的財富和舒適生活，與死者生前在政治秩序之中的地位關係不如禮器所顯示的那麼密切。這種改變也顯示社會結構上有一些根本的變化。〔註74〕

喪葬用的禮器轉變所反映的，是古代社會結構、階層生活方式的轉變，對研究古代社會有密切的關係。

〔註73〕史樹青主編，《古玉搜藏三百問》（長春：吉林出版集團，2008年3月），頁46。

〔註74〕蒲慕州，《墓葬與生死——中國古代宗教的省思》（台北：聯經出版事業股份有限公司，1989年），頁199。

二、古文字方面

環狀玉器很多，璧、環、瑗、玦最爲常見，其形制皆爲圓形板狀體，中間有一個孔。這些環狀玉器像禮器中的穀璧、蒼璧；符節器中的玦、環；在佩飾器、喪葬器中也都曾出現。玬、瓛字段注雖釋爲「圭」類，但不見於現存之甲骨文、金文中，也沒有實物出土，不談。玉器大多沒有甲骨文，金文的資料也不多，表格統計如下：

六器類玉器 ╲ 文字	甲骨文	金文	其它古文	小篆
璧	V	V		V
琮	V*			V
圭	V	V	V	V
璋		V		V
琥			V	V
璜		V		V

其它類玉器 ╲ 文字	甲骨文	金文	其它古文	小篆
環		V	V	V
玦	V*			V
瑁			V	V
瓏				V
玲				V

*字甲骨文有爭議。

或許可以如此推想，玉禮器中有甲骨文者，唯璧、玦、琮、圭四字，但學界對此尚未達成共識。玦、琮二字之甲骨文皆是象其形，的確是文字發展早期的現象。又璧與圭二字之甲骨文出現於 2009 年出版之《新甲骨文編》中，璧字甲骨文作不從玉，作辟，圭字甲骨文象其形，與今日所見圭形似。而後其他玉禮器的金文大多從玉構字，漸漸有形聲文字的樣貌，通過聲符上加注意符玉部。而這樣的形聲字，也與魯實先先生「形聲字以聲符爲初文」之說相符，如瑁、璜、璋等字皆是。這些玉禮器是到金文開始發展後才逐漸出現的器物，但也可能是先出現器物，到了金文開始發展後才有其名。

三、瓏、琥與玉龍玉虎之關係

玉器之名稱，往往為後人所加上，通常是先有器具才有名稱。瓏、琥所代表之玉器，就字形上的意思，就是玉龍與玉虎，其功能為禱旱玉和發兵之瑞玉。但由於《說文》中並未明言其形制，又出土實物中，比較少直接明言其為瓏、琥之物，而以玉龍、玉虎帶過，雖知兩者關係密切，但筆者對於瓏、琥與玉龍、玉虎之關係究竟是共名或是兩者相同，一直尚未能圓滿解決。觀與玉龍相關之書及論文，卻也沒有談及其功能，玉龍形制多變，由玉龍、玉龍璜、玉珮、玉璧等，樣樣都有龍形之裝飾，只知其為先民自然崇拜的現象，以及象徵了某種神秘、權貴的氣息，擁有玉龍也是身分及地位的象徵，社會環境是玉龍形制演變的主因〔註75〕。《山海經》、《淮南子》等書皆顯示，龍代表自然現象——「下雨」的關係密不可分。

四、文化意涵

玉器在中國古代一直是歷史悠久、種類繁多、藝術性強、文化意涵豐富的器物，是考古學、禮學家熱心研究的對象之一。以下就本章的玉器，文化意涵豐富的玉器作介紹。

（一）璧

璧的造型有三種重要意涵，其一是昊天上帝的象徵，其二是君主和政權的象徵，其三是吉兆和吉祥的象徵〔註76〕。古人的天圓地方之說，或許可以與祭天的圓形璧作聯想。

商周時期玉璧為貴族專用的禮器，璧面切割平整，內外緣厚度相同〔註77〕。西周時期的玉璧，直徑很小，不是作為禮器使用。或為方形、或為圓形，中心有孔，孔緣琢有龍紋、雲紋等〔註78〕。戰國至兩漢時期，由於禮制崩壞，玉璧大量作為佩飾玉和殉葬用玉，裝飾風格豐富繁雜〔註79〕。《史記・廉頗藺相如列

〔註75〕 高美雲，〈格物致知——玉龍的形制演進審美與工藝〉，《美術教育研究》，2012 年 15 期。

〔註76〕 李景生，《漢字與上古文化》，頁 246。

〔註77〕 史樹青主編，《古玉搜藏三百問》，頁 83。

〔註78〕 史樹青主編，《古玉搜藏三百問》，頁 40。

〔註79〕 史樹青主編，《古玉搜藏三百問》，頁 83。

傳》記載秦王願以十五城易和氏璧,足見其價值連城〔註80〕。

(二)琮

琮的象徵意涵有三:一是與璧相對,璧祭天,琮祭地。二是琮為「玉」和「宗」結合而成的字,宗有祖宗、宗廟之意,為比附萬物之宗聚。三是為王后、諸侯夫人所佩之瑞玉,為母性之權柄象徵,也可以與古代即有「男尊女卑」,男性為天,女性為地之聯想。

(三)圭

圭為古代帝王、諸侯在儀式上,握於手中的禮器,為上尖下方的長方形,地位不同者所持之圭,形狀相同,大小有別。《周禮·春官宗伯·典瑞》:

> 四圭有邸,以祀天、旅上帝。兩圭有邸,以祀地、旅四望。祼圭有瓚,以肆先王,以祼賓客。圭璧,以祀日月星辰。璋邸射,以祀山川,以造贈賓客。土圭以致四時日月,封國則以土地。珍圭以徵守,以恤凶荒。牙璋以起軍旅,以治兵守。璧羨以起度。駔圭、璋、璧、琮、琥、璜之渠眉,疏璧琮以斂尸。穀圭以和難,以聘女。琬圭以治德,以結好。琰圭以易行,以除慝。大祭祀,大旅,凡賓客之事,共其玉器而奉之。大喪,共飯玉、含玉、贈玉。凡玉器,出則共奉之〔註81〕。

可見各種圭的用途不同,有祈神祭物,君主賜物,或是聘女之禮等,用途很廣。又《周禮·冬官考工記·玉人》有云:

> 鎮圭尺有二寸,天子守之。命圭九寸,謂之桓圭,公守之。命圭七寸,謂之信圭,侯守之。命圭七寸,謂之躬圭,伯守之。〔註82〕。

天子執掌二寸鎮圭,各階級的公、侯、伯分別執掌桓圭、信圭、躬圭等。除天子專用的鎮圭,孔在中央,其餘的圭,孔在下方。《周禮》記載了一系列的圭器名稱,宋代《新定三禮圖》中也記載大圭、冒圭、鎮圭、桓圭、信圭、躬圭、穀圭、琬圭、琰圭〔註83〕等九種,多數尚無確切的考古依據,眾說紛紜,故先存其說法而疑之。

〔註80〕漢·司馬遷撰,《史記》第08冊,頁2439。

〔註81〕漢·鄭玄注,唐·賈公彥疏,《周禮注疏》,頁630～631。

〔註82〕漢·鄭玄注,唐·賈公彥疏,《周禮注疏》,頁1311～1316。

〔註83〕宋·聶崇義,宋淳熙二年刻本,《新定三禮圖》,頁133。

（四）琥

玉琥是一種雕琢成虎形的玉禮器，古代用於祭西方之神，位於六種瑞玉之末。新石器時代石家河文化有崇虎習俗。虎頭玲瓏飽滿，線條流暢，形象生動。商代玉琥已屬於裝飾品類，或作圓雕、或作薄片雕，不再做為發兵或祈雨之用，也不是禮儀中使用的瑞玉。戰國的玉琥承襲春秋玉琥造形，但作工更為精緻〔註84〕。

（五）璜

璜為新石器時代中期，長江流域良渚文化普遍使用的玉器。商代早、中期的玉璜發現較少，目前所見同類器的出土材料主要集中於商代晚期，其中以河南安陽殷墟所出土的玉璜數量最為豐富，如：1987年殷墟婦好墓便出土玉璜七十三件，種類眾多。但婦好墓的璜，其大小，只有少數接近環的二分之一，多數為環的三分之一。《周禮》「半璧為璜」的說法與殷代的璜制不符〔註85〕，可供參考。婦好墓的璜如此多的原因，據章成崧在《玉器初探》〔註86〕中所言，有以下兩種成因：一是盤庚遷都前殷商有八次的遷都歷史，是為了逐水草而居，璜上刻有魚、龍等象徵水的造型，旨在祈求水神的保祐。二是玉器當時在造型上外輪普遍呈圓弦狀，除璧、環等完整同心圓外，其餘玉器大多是同心圓的一部分，可能是當時的工藝手法的流行風氣所致。商代玉璜的特色是表現各種動物形態的器物較前代大量增加，經常見到的玉璜雕琢成想像型動物如：龍，或寫實型動物如：魚、鳥等的形狀。更特別的是婦好墓出土一件玉璜，兩面分別琢出人面鳥身和戴冠人面的形象，具高度寫實性，又有豐富想像力。到了春秋戰國時代玉佩盛行，玉璜作為玉佩組的一部分大量出現。漢代以後，玉璜在使用上衰退。過去學者對玉璜研究，僅能由歷史文獻比對考古出土玉璜，現在則轉向利用考古類型學、性別考古〔註87〕等方法對玉璜進

〔註84〕 史樹青主編，《古玉搜藏三百問》，頁87。

〔註85〕 中國社會科學院考古研究所編，《殷墟婦好墓》（北京：文物出版社，1980年），頁138。

〔註86〕 章成崧，《玉器初探》（台北：帕米爾出版社，1994年），頁161。

〔註87〕 《玉璜與性別考古學》：「玉璜從新石器時代早期開始一直是女性的象徵，並僅限于個人飾件體現其社會地位的象徵性。步入良渚時期後，琮、璧和鉞開始超越個人飾件的範疇，成為重要的社會權力象徵，標誌社會複雜化進程加速，社會成員的地

行研究，有很大的進步。

（六）環

環是裝飾器；璧是古代饋贈之信禮；瑗原來是兵器，後來演變爲裝飾器；玦則可作爲符節器、腰間飾物和耳飾，其功用有同有異。《荀子‧大略》：「絕人以玦，反絕以環。」是爲上對下的象徵性信物，唐代楊倞注云：「古者臣有罪，待放於境，三年不敢去，與之環則還。」〔註88〕意思是古代君主放逐臣子，不用明講，只要賜給他一個玉玦就可以了，如果赦了他，召他回來，就賜給他一個玉環，「環」和「還」同音，「賜環」就是表示許可他回來的意思。環在古代有時爲「歸還」的象徵物，後引伸爲「圍繞無端」之義。

（七）玦

雖然各家學者對於甲骨文「玦」所釋多不確，但也整理出三個共通點：一是此字所爲之事要兩手爲之；二是兩手必共執其中半圓形的一物；三是此物最終被破壞了（爭、殺、戈等）。在被破壞以前，此物應爲玉環。玉環被兩隻手折成兩半，故名之爲玦。玦，缺也。之所以命名爲「缺」，因爲此物原先是完整的，故有「缺」之說。玦的用途，有二大類，一是當一般佩飾使用，出土多置於死者頭部附近。另一則隱含有「斷交」與「訣別」之意涵。環者，完也。玦者，缺也。段注即引了三種古說出現了三種不同的解釋，即玦爲賜臣之玉珮；臣獲玦即去；佩玦爲果斷之君子，但是玦如環而缺，則無以異。《史記‧項羽本紀》：「范增數目項王，舉所佩玉玦以示之者三。」〔註89〕符合《白虎通》所說，足見玦的確有其文化意涵。

位、等級和財富分化明顯加劇。當象徵男性權力的琮和璧開始流行，璜作爲女性的象徵仍然沒有太大的變化，表明女性地位已退居於男性之下。隨著良渚文化的衰落，無論是琮、璧還是璜，統統隨著酋邦社會的解體而消失，表明當時的社會結構又退回到了等級關係比較簡單的狀態。雖然其中一些玉器的形制與工藝後來被中原地區的複雜社會所繼承，但是由於青銅禮器的出現，它們的象徵性和社會意義已經和新石器時代不可同日而語了。」http://big5.ce.cn/gate/big5/www.ce.cn/kjwh/yszb/201203/12/t20120312_23149083.shtml

〔註88〕清‧王先謙，《荀子集解》（台北：藝文印書館，1994年），頁678。

〔註89〕瀧川龜太郎，《史記會注考證》（台北：洪氏出版社，1981年），頁147。

（八）瓏

《山海經·海內東經》云：「雷澤中有雷神，龍身而人頭，鼓其腹。」〔註90〕《淮南子·墜形篇》云：「雷澤有神，龍身人頭，鼓其腹而熙。」〔註91〕雷聲陣陣之後就會下雨，可知最晚於漢代開始最早在先秦時代龍與水的關係就已十分密切。《說文》：「瀧，雨瀧瀧也。从水龍聲。」（頁 563）人們往往從龍聯想到「龍喜歡水」，以龍代表水的象徵或主宰。與《說文》瓏字的「禱旱玉」之說，不謀而合。可見龍在古代生活圈與水的關係密不可分。

（九）琀

《周禮·天官冢宰》：「大喪，贊贈玉、含玉。」〔註92〕大喪也是王喪，含玉始死用之，贈玉於葬乃用。可知其目的有二：一是對於死者的遺體修飾，另一則是以免死者空其口，為初始之意。天子口中放的是玉，諸侯是含璧，士用貝。為適應周代以後久殯不葬的制度產生。周代死者入葬，口內含一些小玉戈，戰國以後，漸漸改放小動物形狀的玉器，最常見的是玉蟬。

口含玉蟬有兩種涵義：一是祈求死者身體不受邪魔入侵，另一則是金蟬脫殼，暗示生命的再生〔註93〕。玉蟬有穿孔和無孔之別，玉蟬刻線俐落，是所謂「漢八刀」風格的刻法，漢代時此類玉蟬常作為「琀」，含於死人嘴內；又有玉蟬無穿孔，即是用作喪禮中的口唅。無穿孔的玉蟬作為唅斂之器，有穿孔的玉蟬可作為佩飾。

〔註90〕郝懿行，《山海經箋注》（台北：藝文印書館，1974 年），頁 373。

〔註91〕何寧，淮南子集釋（上）（北京：中華書局，1998 年），頁 363。

〔註92〕漢·鄭玄注，唐·賈公彥疏，《周禮注疏》，頁 60。

〔註93〕史樹青主編，《古玉搜藏三百問》，頁 92。